Suhrkamp BasisBibliothek 129

Diese Ausgabe der »Suhrkamp BasisBibliothek – Arbeitstexte für Schule und Studium« bietet nicht nur Stefan Zweigs *Schachnovelle*, die zu einem der bekanntesten und meistgelesenen Werke der deutschen Literatur des 20. Jahrhunderts gehört, sondern auch einen Kommentar, der alle für das Verständnis des Buches erforderlichen Informationen enthält: eine Zeittafel zu Leben und Werk, Hinweise zur Entstehungs-, Text- und Druckgeschichte, einen Überblick über die Rezeptionsgeschichte, Literaturhinweise sowie detaillierte Wort- und Sacherläuterungen. Die Schreibweise des Kommentars entspricht den neuen Rechtschreibregeln.

Helmut Nobis, geb. 1947, lebt und arbeitet in Krefeld. Veröffentlichungen zu Friedrich Schiller (SBB 88), Johann Wolfgang Goethe (SBB 127), Christoph Martin Wieland, Heinrich von Kleist (SBB 93, SBB 117), Heinrich Heine, Theodor Fontane (SBB 81, SBB 109), Cees Nooteboom (SBB 139), Gabriel García Márquez, zum bürgerlichen Trauerspiel, zur Literaturtheorie und -methodologie sowie zur Literaturgeschichtsschreibung.

# Stefan Zweig
# Schachnovelle

Mit einem Kommentar
von Helmut Nobis

Suhrkamp

Der vorliegende Text folgt der Ausgabe:
Stefan Zweig, *Schachnovelle*. Mit einem Nachwort von Siegfried Unseld. Berlin: Insel Verlag 2013 (= insel taschenbuch 4201), S. 7-95.

6. Auflage 2021

Erste Auflage 2013
Originalausgabe
Suhrkamp BasisBibliothek 129



Satz: pagina GmbH, Tübingen
Druck: CPI books GmbH, Leck
Umschlagabbildung: IMAGNO/Archiv Selzer-Tschiede
Umschlaggestaltung: Regina Göllner und Hermann Michels
Printed in Germany
ISBN 978-3-518-18929-0

*Inhalt*

# ⌜Schachnovelle⌝

Auf dem großen ⌜Passagierdampfer, der mitternachts von New York nach Buenos Aires abgehen sollte⌝, herrschte die übliche Geschäftigkeit und Bewegung der letzten Stunde. Gäste vom Land drängten durcheinander, um ihren Freunden das Geleit zu geben, Telegraphenboys mit schiefen Mützen schossen Namen ausrufend durch die Gesellschaftsräume, Koffer und Blumen wurden geschleppt, Kinder liefen neugierig treppauf und treppab, während das Orchester unerschütterlich zur Deck-show* spielte. Ich stand im Gespräch mit einem Bekannten etwas abseits von diesem Getümmel auf dem Promenadedeck, als neben uns zwei- oder dreimal Blitzlicht scharf aufsprühte – anscheinend war irgendein Prominenter knapp vor der Abfahrt noch rasch von Reportern interviewt und photographiert worden. Mein Freund blickte hin und lächelte. »Sie haben da einen raren Vogel an Bord, den Czentovic.« Und da ich offenbar ein ziemlich verständnisloses Gesicht zu dieser Mitteilung machte, fügte er erklärend bei: »Mirko Czentovic, der Weltschachmeister. Er hat ganz Amerika von Ost nach West mit Turnierspielen abgeklappert und fährt jetzt zu neuen Triumphen nach Argentinien.«

In der Tat erinnerte ich mich nun dieses jungen Weltmeisters und sogar einiger Einzelheiten im Zusammenhang mit seiner raketenhaften Karriere; mein Freund, ein aufmerksamerer Zeitungsleser als ich, konnte sie mit einer ganzen Reihe von Anekdoten ergänzen. ⌜Czentovic hatte sich vor etwa einem Jahr mit einem Schlage neben die bewährtesten ⌜Altmeister der Schachkunst, wie Aljechin, Capablanca, Tartakower, Lasker, Bogoljubow, gestellt; seit dem Auftreten des siebenjährigen Wunderkindes Rzecewski⌝ bei dem Schachturnier 1922 in New York hatte noch nie der Einbruch eines völlig Unbekannten in die ruhmreiche Gilde* derart allgemeines Aufsehen erregt. Denn Czen-

(engl.) Darbietung auf dem Promenadendeck des Schiffes

Zunft

Rechtschreibfehler

tovics intellektuelle Eigenschaften schienen ihm keineswegs eine solche blendende Karriere von vornherein zu weissagen. Bald sickerte das Geheimnis durch, daß dieser Schachmeister in seinem Privatleben außerstande war, in irgendeiner Sprache einen Satz ohne orthographische Fehler* zu schreiben, und wie einer seiner verärgerten Kollegen ingrimmig spottete, »seine Unbildung war auf allen Gebieten gleich universell«. Sohn eines blutarmen südslawischen Donauschiffers, dessen winzige Barke eines Nachts von einem Getreidedampfer überrannt wurde, war der damals Zwölfjährige nach dem Tode seines Vaters vom Pfarrer des abgelegenen Ortes aus Mitleid aufgenommen worden, und der gute Pater bemühte sich redlich, durch häusliche Nachhilfe wettzumachen, was das maulfaule, dumpfe, breitstirnige Kind in der Dorfschule nicht zu erlernen vermochte.

Aber die Anstrengungen blieben vergeblich. Mirko starrte die schon hundertmal ihm erklärten Schriftzeichen immer wieder fremd an; auch für die simpelsten Unterrichtsgegenstände fehlte seinem schwerfällig arbeitenden Gehirn jede festhaltende Kraft. Wenn er rechnen sollte, mußte er noch mit vierzehn Jahren jedesmal die Finger zur Hilfe nehmen, und ein Buch oder eine Zeitung zu lesen, bedeutet für den schon halbwüchsigen Jungen noch besondere Anstrengung. Dabei konnte man Mirko keineswegs unwillig oder widerspenstig nennen. Er tat gehorsam, was man ihm gebot, holte Wasser, spaltete Holz, arbeitete mit auf dem Felde, räumte die Küche auf und erledigte verläßlich, wenn auch mit verärgernder Langsamkeit, jeden geforderten Dienst. Was den guten Pfarrer aber an dem querköpfigen Knaben am meisten verdroß, war seine totale Teilnahmslosigkeit. Er tat nichts ohne besondere Aufforderung, stellte nie eine Frage, spielte nicht mit anderen Burschen und suchte von selbst keine Beschäftigung, sofern man sie nicht ausdrücklich anordnete; sobald Mirko die Verrichtungen des Haushalts erledigt hatte, saß er stur im Zimmer herum mit jenem leeren Blick, wie ihn Schafe auf der Weide haben, ohne an den Geschehnissen rings um ihn den geringsten Anteil zu nehmen. Während der Pfarrer abends, die lange Bauernpfeife schmauchend, mit dem Gendarmeriewachtmeister seine üblichen drei Schachpartien spielte, hockte der blondsträhnige dumpfe Bursche stumm daneben und starrte unter seinen schweren Lidern anscheinend schläfrig und gleichgültig auf das karierte Brett.

Eines Winterabends klingelten, während die beiden Partner in ihre tägliche Partie vertieft waren, von der Dorfstraße her die Glöckchen eines Schlittens rasch und immer rascher heran. Ein Bauer, die Mütze mit Schnee überstäubt, stampfte hastig herein, seine alte Mutter läge im Sterben und der Pfarrer möge eilen, ihr noch rechtzeitig die letzte Ölung zu erteilen. Ohne zu zögern folgte ihm der Priester. Der Gendarmeriewachtmeister, der sein Glas Bier noch nicht ausgetrunken hatte, zündete sich zum Abschied eine neue Pfeife an und bereitete sich eben vor, die schweren Schaftstiefel anzuziehen, als ihm auffiel, wie unentwegt der Blick Mirkos auf dem Schachbrett mit der angefangenen Partie haftete.

»Na, willst du sie zu Ende spielen?« spaßte er, vollkommen überzeugt, daß der schläfrige Junge nicht einen einzigen Stein auf dem Brette richtig zu rücken verstünde. Der Knabe starrte scheu auf, nickte dann und setzte sich auf den Platz des Pfarrers. Nach vierzehn Zügen war der Gendarmeriewachtmeister geschlagen und mußte zudem eingestehen, daß keineswegs ein versehentlich nachlässiger Zug seine Niederlage verschuldet habe. Die zweite Partie fiel nicht anders aus.

»Bileams Esel!« rief erstaunt bei seiner Rückkehr der Pfarrer aus, dem weniger bibelfesten Gendarmeriewachtmeister erklärend, schon vor zweitausend Jahren hätte sich ein ähnliches Wunder ereignet, daß ein stummes Wesen plötzlich die Sprache der Weisheit gefunden habe. Trotz der vorgerückten Stunde konnte der gute Pater sich nicht enthalten, seinen halb analphabetischen* Famulus* zu einem Zweikampf herauszufordern. Mirko schlug auch ihn mit Leichtigkeit. Er spielte zäh, langsam, unerschütterlich, ohne ein einziges Mal die gesenkte breite Stirn vom Brette aufzuheben. Aber er spielte mit unwiderlegbarer Sicherheit; weder der Gendarmeriewachtmeister noch der Pfarrer waren in den nächsten Tagen imstande, eine Partie gegen ihn zu gewinnen. Der Pfarrer, besser als irgend jemand befähigt, die sonstige Rückständigkeit seines Zöglings zu beurteilen, wurde nun ernstlich neugierig, wieweit diese einseitige sonderbare Begabung einer strengeren Prüfung standhalten würde. Nachdem er Mirko bei dem Dorfbarbier* die struppigen strohblonden Haare hatte schneiden lassen, um ihn einigermaßen präsentabel* zu machen, nahm er ihn mit seinem Schlitten in die kleine Nachbarstadt, wo er im Café des Hauptplatzes eine Ecke mit engagierten* Schachspielern wußte, denen er selbst erfahrungsgemäß nicht gewachsen war. Es erregte bei der ansässigen Runde nicht geringes Staunen, als der Pfarrer den fünfzehnjährigen strohblonden und rotbäckigen Burschen in seinem nach innen getragenen Schafspelz und schweren, hohen Schaftstiefeln in das Kaffeehaus schob, wo der Junge befremdet mit scheu niedergeschlagenen Augen in einer Ecke stehenblieb, bis man ihn zu einem der Schachtische hinrief. In der ersten Partie wurde Mirko geschlagen, da er die sogenannte ⌜Sizilianische Eröffnung⌝ bei dem guten Pfarrer nie gesehen hatte. In der zweiten Partie kam er schon gegen den besten Spieler auf Remis*. Von der dritten und vierten an schlug er sie alle, einen nach dem andern.

Nun ereignen sich in einer kleinen südslawischen Provinzstadt höchst selten aufregende Dinge; so wurde das erste Auftreten dieses bäuerlichen Champions für die versam-

des Lesens u. Schreibens unkundigen

(lat.) Hier: Diener

Frisör des Dorfes

vorzeigbar

(franz.) leidenschaftlich erregten

(lat.-franz.) Hier: Schachpartie mit unentschiedenem Ausgang melten Honoratioren* unverzüglich zur Sensation. Einstimmig wurde beschlossen, der Wunderknabe müsse unbedingt noch bis zum nächsten Tage in der Stadt bleiben, damit man die anderen Mitglieder des Schachklubs zusammenrufen und vor allem den alten Grafen Simczic, einen Fanatiker des Schachspiels, auf seinem Schlosse verständigen könne. Der Pfarrer, der mit einem ganz neuen Stolz auf seinen Pflegling blickte, aber über seiner Entdeckerfreude doch seinen pflichtgemäßen Sonntagsgottesdienst nicht versäumen wollte, erklärte sich bereit, Mirko für eine weitere Probe zurückzulassen. Der junge Czentovic wurde auf Kosten der Schachecke im Hotel einquartiert und sah an diesem Abend zum erstenmal ein Wasserklosett. Am folgenden Sonntagnachmittag war der Schachraum überfüllt. Mirko, unbeweglich vier Stunden vor dem Brett sitzend, besiegte, ohne ein Wort zu sprechen oder auch nur aufzuschauen, einen Spieler nach dem andern; schließlich wurde eine ⌜Simultanpartie⌝ vorgeschlagen. Es dauerte eine Weile, ehe man dem Unbelehrten begreiflich machen konnte, daß bei einer Simultanpartie er allein gleichzeitig gegen die verschiedenen Spieler zu kämpfen hätte. Aber sobald Mirko diesen Usus* begriffen, fand er sich rasch in die Aufgabe, ging mit seinen schweren, knarrenden Schuhen langsam von Tisch zu Tisch und gewann schließlich sieben von den acht Partien.

Nun begannen große Beratungen. Obwohl dieser neue Champion im strengeren Sinne nicht zur Stadt gehörte, war doch der heimische Nationalstolz lebhaft entzündet. Vielleicht konnte endlich die kleine Stadt, deren Vorhandensein auf der Landkarte kaum jemand bisher wahrgenommen, zum erstenmal sich die Ehre erwerben, einen berühmten Mann in die Welt zu schicken. Ein Agent namens Koller, sonst nur Chansonetten* und Sängerinnen für das Kabarett* der Garnison* vermittelnd, erklärte sich bereit, sofern man den Zuschuß für ein Jahr leiste, den jungen Menschen

angesehenen Bürger eines Dorfes, einer Stadt

(lat.) Brauch, Gepflogenheit

(lat.-franz.) Sängerinnen witzig-frecher o. geistreicher Lieder

(franz.) Kleinkunstbühne

Truppe des Standortes

in Wien von einem ihm bekannten ausgezeichneten kleinen Meister fachmäßig in der Schachkunst ausbilden zu lassen. Graf Simczic, dem in sechzig Jahren täglichen Schachspiels nie ein so merkwürdiger Gegner entgegengetreten war, zeichnete sofort den Betrag. Mit diesem Tage begann die erstaunliche Karriere des Schiffersohnes.

Nach einem halben Jahre beherrschte Mirko sämtliche Geheimnisse der Schachtechnik, allerdings mit einer seltsamen Einschränkung, die später in den Fachkreisen viel beobachtet und bespöttelt wurde. Denn Czentovic brachte es nie dazu, auch nur eine einzige Schachpartie auswendig – oder wie man fachgemäß sagt: blind – zu spielen. ⌜Ihm fehlte vollkommen die Fähigkeit, das Schlachtfeld in den unbegrenzten Raum der Phantasie zu stellen.⌝ Er mußte immer das schwarz-weiße Karree mit den vierundsechzig Feldern und zweiunddreißig Figuren handgreiflich vor sich haben; noch zur Zeit seines Weltruhmes führte er ständig ein zusammenlegbares Taschenschach mit sich, um, wenn er eine Meisterpartie rekonstruieren oder ein Problem für sich lösen wollte, sich die Stellung optisch vor Augen zu führen. Dieser an sich unbeträchtliche Defekt verriet einen Mangel an imaginativer Kraft* und wurde in dem engen Kreise ebenso lebhaft diskutiert, wie wenn unter Musikern ein hervorragender Virtuose* oder Dirigent sich unfähig gezeigt hätte, ohne aufgeschlagene ⌜Partitur⌝ zu spielen oder zu dirigieren. Aber diese merkwürdige Eigenheit verzögerte keineswegs Mirkos stupenden* Aufstieg. Mit siebzehn Jahren hatte er schon ein Dutzend Schachpreise gewonnen, mit achtzehn sich die ungarische Meisterschaft, mit zwanzig endlich die Weltmeisterschaft erobert. Die verwegensten Champions, jeder einzelne an intellektueller Begabung, an Phantasie und Kühnheit ihm unermeßlich überlegen, erlagen ebenso seiner zähen und kalten Logik wie ⌜Napoleon dem schwerfälligen Kutusow⌝, wie ⌜Hannibal dem Fabius Cunctator⌝, von dem ⌜Livius berichtet⌝,

Einbildungskraft, Phantasie

Instrumentalsolist

erstaunlichen, verblüffenden

daß er gleichfalls in seiner Kindheit derart auffällige Züge von ⌜Phlegma und Imbezillität⌝ gezeigt habe. So geschah es, daß in die illustre* Galerie der Schachmeister, die in ihren Reihen die verschiedensten Typen intellektueller Überlegenheit vereinigt, Philosophen, Mathematiker, kalkulierende, imaginierende* und oft schöpferische Naturen, zum erstenmal ein völliger Outsider* der geistigen Welt einbrach, ein schwerer, maulfauler Bauernbursche, aus dem auch nur ein einziges publizistisch brauchbares* Wort herauszulocken selbst den gerissensten Journalisten nie gelang. Freilich, was Czentovic den Zeitungen an geschliffenen Sentenzen* vorenthielt, ersetzte er bald reichlich durch Anekdoten über seine Person. Denn rettungslos wurde mit der Sekunde, da er vom Schachbrette aufstand, wo er Meister ohnegleichen war, Czentovic zu einer grotesken* und beinahe komischen Figur; trotz seines feierlichen schwarzen Anzuges, seiner pompösen Krawatte mit der etwas aufdringlichen Perlennadel und seiner mühsam manikürten Finger blieb er in seinem Gehaben und seinen Manieren derselbe beschränkte Bauernjunge, der im Dorf die Stube des Pfarrers gefegt. Ungeschickt und geradezu schamlos plump suchte er zum Gaudium* und zum Ärger seiner Fachkollegen aus seiner Begabung und seinem Ruhm mit einer kleinlichen und sogar oft ordinären Habgier herauszuholen, was an Geld herauszuholen war. Er reiste von Stadt zu Stadt, immer in den billigsten Hotels wohnend, er spielte in den kläglichsten Vereinen, sofern man ihm sein Honorar bewilligte, er ließ sich abbilden auf Seifenreklamen und verkaufte sogar, ohne auf den Spott seiner Konkurrenten zu achten, die genau wußten, daß er nicht imstande war, drei Sätze richtig zu schreiben, seinen Namen für eine ›Philosophie des Schachs‹, die in Wirklichkeit ein kleiner galizischer* Student für den geschäftstüchtigen Verleger geschrieben. Wie allen zähen Naturen fehlte ihm jeder Sinn für das Lächerliche; seit seinem Siege im

(lat.) vornehme, strahlende

Vgl. 14,22

(engl.) Außenseiter

zur Veröffentlichung geeignetes

kurz u. treffend formulierten Aussagen

wunderlichen, lächerlichen

(lat.) Freude, Spaß, Unterhaltung

Galizien: Gebiet nördl. der Karpaten

Weltturnier hielt er sich für den wichtigsten Mann der Welt, und das Bewußtsein, all diese gescheiten, intellektuellen, blendenden Sprecher und Schreiber auf ihrem eigenen Feld geschlagen zu haben, und vor allem die handgreifliche Tatsache, mehr als sie zu verdienen, verwandelte die ursprüngliche Unsicherheit in einen kalten und meist plump zur Schau getragenen Stolz.

»Aber wie sollte ein so rascher Ruhm nicht einen so leeren Kopf beduseln?« schloß mein Freund, der mir gerade einige klassische Proben von Czentovics kindischer Präpotenz* anvertraut hatte. »Wie sollte ein einundzwanzigjähriger Bauernbursche aus dem Banat* nicht den Eitelkeitskoller kriegen, wenn er plötzlich mit ein bißchen Figurenherumschieben auf einem Holzbrett in einer Woche mehr verdient als sein ganzes Dorf daheim mit Holzfällen und den bittersten Abrackereien in einem ganzen Jahr? Und dann, ist es nicht eigentlich verflucht leicht, sich für einen großen Menschen zu halten, wenn man nicht mit der leisesten Ahnung belastet ist, daß ein Rembrandt, ein Beethoven, ein Dante, ein Napoleon je gelebt haben? Dieser Bursche weiß in seinem vermauerten Gehirn nur das eine, daß er seit Monaten nicht eine einzige Schachpartie verloren hat, und da er eben nicht ahnt, daß es außer Schach und Geld noch andere Werte auf unserer Erde gibt, hat er allen Grund, von sich begeistert zu sein.«

Präpotenz: (lat.) Überlegenheit, Überheblichkeit

Banat: Gebiet zw. Donau u. Theiß in Rumänien

Diese Mitteilungen meines Freundes verfehlten nicht, meine besondere Neugierde zu erregen. Alle Arten von monomanischen*, in eine einzige Idee verschossenen Menschen haben mich zeitlebens angereizt, denn je mehr sich einer begrenzt, um so mehr ist er anderseits dem Unendlichen nah; gerade solche scheinbar Weltabseitigen bauen in ihrer besonderen Materie sich termitenhaft* eine merkwürdige und durchaus einmalige Abbreviatur* der Welt. So machte ich aus meiner Absicht, dieses sonderbare Spezimen* intellektueller Eingleisigkeit auf der zwölftägigen Fahrt bis Rio näher unter die Lupe zu nehmen, kein Hehl.

monomanischen: ausschließlich v. einer einzigen Idee o. Leidenschaft besessenen

termitenhaft: Nach Art der Termiten-Insekten

Abbreviatur: (lat.) Abkürzung, Verkleinerung, Verkürzung

Spezimen: (lat.) Muster, Probe

Jedoch: »Da werden Sie wenig Glück haben«, warnte mein Freund. »Soviel ich weiß, ist es noch keinem gelungen, aus Czentovic das geringste an psychologischem Material herauszuholen. Hinter all seiner abgründigen Beschränktheit verbirgt dieser gerissene Bauer die große Klugheit, sich keine Blößen zu geben, und zwar dank der simplen Technik, daß er außer mit Landsleuten seiner eigenen Sphäre, die er sich in kleinen Gasthäusern zusammensucht, jedes Gespräch vermeidet. Wo er einen gebildeten Menschen spürt, kriecht er in sein Schneckenhaus; so kann niemand sich rühmen, je ein dummes Wort von ihm gehört oder die angeblich unbegrenzte Tiefe seiner Unbildung ausgemessen zu haben.«

Mein Freund sollte in der Tat recht behalten. Während der ersten Tage der Reise erwies es sich als vollkommen unmöglich, an Czentovic ohne grobe Zudringlichkeit, die schließlich nicht meine Sache ist, heranzukommen. Manchmal schritt er zwar über das Promenadedeck, aber dann immer die Hände auf dem Rücken verschränkt mit jener stolz in sich versenkten Haltung, wie Napoleon auf dem bekannten Bilde; außerdem erledigte er immer so eilig und stoßhaft seine peripatetische* Deckrunde, daß man ihm hätte im Trab nachlaufen müssen, um ihn ansprechen zu können. In den Gesellschaftsräumen wiederum, in der Bar, im Rauchzimmer zeigte er sich niemals; wie mir der Steward auf vertrauliche Erkundigung hin mitteilte, verbrachte er den Großteil des Tages, in seiner Kabine auf einem mächtigen Brett Schachpartien einzuüben oder zu rekapitulieren*.

wie die Schüler des Aristoteles wandelnde

wiederholen

Nach drei Tagen begann ich mich tatsächlich zu ärgern, daß seine zähe Abwehrtechnik geschickter war als mein Wille, an ihn heranzukommen. Ich hatte in meinem Leben noch nie Gelegenheit gehabt, die persönliche Bekanntschaft eines Schachmeisters zu machen, und je mehr ich mich jetzt bemühte, mir einen solchen Typus zu personifizieren, um so unvorstellbarer schien mir eine Gehirntätigkeit, die ein ganzes Leben lang ausschließlich um einen Raum von vierundsechzig schwarzen und weißen Feldern rotiert. Ich wußte wohl aus eigener Erfahrung um die geheimnisvolle Attraktion* des ›königlichen Spiels‹, dieses einzigen unter allen Spielen, die der Mensch ersonnen, das sich souverän jeder Tyrannis des Zufalls entzieht und seine Siegespalmen einzig dem Geist oder vielmehr einer bestimmten Form geistiger Begabung zuteilt. Aber macht man sich nicht bereits einer beleidigenden Einschränkung schuldig, indem man Schach ein Spiel nennt? Ist es nicht auch eine Wissenschaft, eine Kunst, schwebend zwischen diesen Kategorien ⌜wie der Sarg Mohammeds zwischen Himmel und Erde⌝, eine einmalige Bindung aller Gegensatzpaare; uralt und doch ewig neu, mechanisch in der Anlage und doch nur wirksam durch Phantasie, begrenzt in geometrisch starrem Raum und dabei unbegrenzt in seinen Kombinationen, ständig sich entwickelnd und doch steril, ein Denken, das zu nichts führt, eine Mathematik, die nichts errechnet, eine Kunst ohne Werke, eine Architektur ohne Substanz und nichtsdestominder erwiesenermaßen dauerhafter in seinem Sein und Dasein als alle Bücher und Werke, das einzige Spiel, das allen Völkern und allen Zeiten zugehört und von dem niemand weiß, welcher Gott es auf die Erde gebracht, um die Langeweile zu töten, die Sinne zu schärfen, die Seele zu spannen. Wo ist bei ihm Anfang und wo das Ende: jedes Kind kann seine ersten Regeln erlernen, jeder Stümper sich in ihm versuchen, und doch vermag es innerhalb dieses unveränderbar engen Quadrats eine besondere Spezies von Meistern zu erzeugen, unvergleichbar allen andern, Menschen mit einer einzig dem Schach zubestimmten Begabung, spezifische Genies, in denen Vision, Geduld und Technik in einer ebenso genau bestimmten Verteilung wirksam sind wie im Mathematiker, im Dichter, im Musiker, und nur in anderer

(lat.) Anziehung(skraft)

Schichtung und Bindung. In früheren Zeiten physiognomischer* Leidenschaft hätte ein ⌜Gall⌝ vielleicht die Gehirne solcher Schachmeister seziert, um festzustellen, ob bei solchen Schachgenies eine besondere Windung in der grauen Masse des Gehirns, eine Art Schachmuskel oder Schachhöcker sich intensiver eingezeichnet fände als in anderen Schädeln. Und wie hätte einen solchen Physiognomiker erst der Fall eines Czentovic angereizt, wo dies spezifische Genie eingesprengt erscheint in eine absolute intellektuelle Trägheit wie ein einzelner Faden Gold in einem Zentner tauben Gesteins. Im Prinzip war mir die Tatsache von jeher verständlich, daß ein derart einmaliges, ein solches geniales Spiel sich spezifische Matadore* schaffen mußte, aber wie schwer, wie unmöglich doch, sich das Leben eines geistig regsamen Menschen vorzustellen, dem sich die Welt einzig auf die enge Einbahn zwischen Schwarz und Weiß reduziert, der in einem bloßen Hin und Her, Vor und Zurück von zweiunddreißig Figuren seine Lebenstriumphe sucht, einen Menschen, dem bei einer neuen Eröffnung, den Springer vorzuziehen statt des Bauern, schon Großtat und sein ärmliches Eckchen Unsterblichkeit im Winkel eines Schachbuchs bedeutet – einen Menschen, einen geistigen Menschen, der, ohne wahnsinnig zu werden, zehn, zwanzig, dreißig, vierzig Jahre lang die ganze Spannkraft seines Denkens immer und immer wieder an den lächerlichen Einsatz wendet, einen hölzernen König auf einem hölzernen Brett in den Winkel zu drängen!

Die Physiognomie betreffend, aus Gesichtszügen auf Charaktereigenschaften schließen zu können

Hier: Berühmtheiten (eigentl.: hervorragende Stierkämpfer)

Und nun war ein solches Phänomen, ein solches sonderbares Genie oder ein solcher rätselhafter Narr mir räumlich zum erstenmal ganz nahe, sechs Kabinen weit auf demselben Schiff, und ich Unseliger, für den Neugier in geistigen Dingen immer zu einer Art Passion ausartet, sollte nicht imstande sein, mich ihm zu nähern. Ich begann, mir die absurdesten Listen auszudenken: etwa, ihn in seiner Eitelkeit zu kitzeln, indem ich ihm ein angebliches Interview für eine wichtige Zeitung vortäuschte, oder bei seiner Habgier zu packen, dadurch, daß ich ihm ein einträgliches Turnier in Schottland proponierte*. Aber schließlich erinnerte ich mich, daß die bewährteste Technik der Jäger, den Auerhahn an sich heranzulocken, darin besteht, daß sie seinen Balzschrei nachahmen; was konnte eigentlich wirksamer sein, um die Aufmerksamkeit eines Schachmeisters auf sich zu ziehen, als indem man selber Schach spielte? Nun bin ich zeitlebens nie ein ernstlicher Schachkünstler gewesen, und zwar aus dem einfachen Grunde, daß ich mich mit Schach immer bloß leichtfertig und ausschließlich zu meinem Vergnügen befaßte; wenn ich mich für eine Stunde vor das Brett setze, geschieht dies keineswegs, um mich anzustrengen, sondern im Gegenteil, um mich von geistiger Anspannung zu entlasten. Ich ›spiele‹ Schach im wahrsten Sinne des Wortes, während die andern, die wirklichen Schachspieler, Schach ›ernsten‹, um ⌜ein verwegenes neues Wort in die deutsche Sprache einzuführen⌝. Für Schach ist nun, wie für die Liebe, ein Partner unentbehrlich, und ich wußte zur Stunde noch nicht, ob sich außer uns andere Schachliebhaber an Bord befanden. Um sie aus ihren Höhlen herauszulocken, stellte ich im Smoking Room* eine primitive Falle auf, indem ich mich mit meiner Frau, obwohl sie noch schwächer spielt als ich, vogelstellerisch vor ein Schachbrett setzte. Und tatsächlich, wir hatten noch nicht sechs Züge getan, so blieb schon jemand im Vorübergehen stehen, ein zweiter erbat die Erlaubnis, zusehen zu dürfen; schließlich fand sich auch der erwünschte Partner, der mich zu einer Partie herausforderte. Er hieß McConnor und war ein schottischer Tiefbauingenieur, der, wie ich hörte, bei Ölbohrungen in Kalifornien sich ein großes Vermögen gemacht hatte, von äußerem Ansehen ein stämmiger Mensch mit starken, fast quadratisch harten Kinnbacken, kräftigen Zähnen und einer satten Gesichtsfarbe, deren prononcierte* Rötlichkeit wahrscheinlich, zu-

(lat.) vorschlug

(engl.) Rauchsalon

ausgeprägte, deutlich betonte

mindest teilweise, reichlichem Genuß von Whisky zu verdanken war. Die auffällig breiten, fast athletisch vehementen Schultern machten sich leider auch im Spiel charaktermäßig bemerkbar, denn dieser Mister McConnor gehörte zu jener Sorte selbstbesessener Erfolgsmenschen, die auch im belanglosesten Spiel eine Niederlage schon als Herabsetzung ihres Persönlichkeitsbewußtseins empfinden. Gewöhnt, sich im Leben rücksichtslos durchzusetzen, und verwöhnt vom faktischen Erfolg, war dieser massive Selfmademan* derart unerschütterlich von seiner Überlegenheit durchdrungen, daß jeder Widerstand ihn als ungebührliche Auflehnung und beinahe Beleidigung erregte. Als er die erste Partie verlor, wurde er mürrisch und begann umständlich und diktatorisch zu erklären, dies könne nur durch eine momentane Unaufmerksamkeit geschehen sein, bei der dritten machte er den Lärm im Nachbarraum für sein Versagen verantwortlich; nie war er gewillt, eine Partie zu verlieren, ohne sofort Revanche zu fordern. Anfangs amüsierte mich diese ehrgeizige Verbissenheit; schließlich nahm ich sie nur mehr als unvermeidliche Begleiterscheinung für meine eigentliche Absicht hin, den Weltmeister an unseren Tisch zu locken.

(engl.) Jmd., der sich aus eigener Kraft hochgearbeitet hat

Am dritten Tage gelang es und gelang doch nur halb. Sei es, daß Czentovic uns vom Promenadedeck aus durch das Bordfenster vor dem Schachbrett beobachtet oder daß er nur zufälligerweise den Smoking Room mit seiner Anwesenheit beehrte – jedenfalls trat er, sobald er uns Unberufene seine Kunst ausüben sah, unwillkürlich einen Schritt näher und warf aus dieser gemessenen Distanz einen prüfenden Blick auf unser Brett. McConnor war gerade am Zuge. Und schon dieser eine Zug schien ausreichend, um Czentovic zu belehren, wie wenig ein weiteres Verfolgen unserer dilettantischen* Bemühungen seines meisterlichen Interesses würdig sei. Mit derselben selbstverständlichen Geste, mit der unsereiner in einer Buchhandlung einen an-

stümperhaften, unzulänglichen

gebotenen schlechten Detektivroman weglegt, ohne ihn auch nur anzublättern, trat er von unserem Tische fort und verließ den Smoking Room. ›Gewogen und zu leicht befunden‹, dachte ich mir, ein bißchen verärgert durch diesen kühlen, verächtlichen Blick, und um meinem Unmut irgendwie Luft zu machen, äußerte ich zu McConnor: »Ihr Zug scheint den Meister nicht sehr begeistert zu haben.«

»Welchen Meister?«

Ich erklärte ihm, jener Herr, der eben an uns vorübergegangen und mit mißbilligendem Blick auf unser Spiel gesehen, sei der Schachmeister Czentovic gewesen. Nun, fügte ich hinzu, wir beide würden es überstehen und ohne Herzleid uns mit seiner illustren* Verachtung abfinden; arme Leute müßten eben mit Wasser kochen. Aber zu meiner Überraschung übte auf McConnor meine lässige Mitteilung eine völlig unerwartete Wirkung. Er wurde sofort erregt, vergaß unsere Partie, und sein Ehrgeiz begann geradezu hörbar zu pochen. Er habe keine Ahnung gehabt, daß Czentovic an Bord sei, und Czentovic müsse unbedingt gegen ihn spielen. Er habe noch nie im Leben gegen einen Weltmeister gespielt außer einmal bei einer Simultanpartie mit vierzig anderen; schon das sei furchtbar spannend gewesen, und er habe damals beinahe gewonnen. Ob ich den Schachmeister persönlich kenne? Ich verneinte. Ob ich ihn nicht ansprechen wolle und zu uns bitten? Ich lehnte ab mit der Begründung, Czentovic sei meines Wissens für neue Bekanntschaften nicht sehr zugänglich. Außerdem, was für einen Reiz sollte es einem Weltmeister bieten, mit uns drittklassigen Spielern sich abzugeben?

illustren: erlauchten, respektheischenden

Nun, das mit den drittklassigen Spielern hätte ich zu einem dermaßen ehrgeizigen Manne wie McConnor lieber nicht äußern sollen. Er lehnte sich verärgert zurück und erklärte schroff, er für seinen Teil könne nicht glauben, daß Czentovic die höfliche Aufforderung eines Gentlemans ablehnen werde; dafür werde er schon sorgen. Auf seinen Wunsch gab ich ihm eine kurze Personenbeschreibung des Weltmeisters, und schon stürmte er, unser Schachbrett gleichgültig im Stich lassend, in unbeherrschter Ungeduld Czentovic auf das Promenadedeck nach. Wieder spürte ich, daß der Besitzer dermaßen breiter Schultern nicht zu halten war, sobald er einmal seinen Willen in eine Sache geworfen.

Ich wartete ziemlich gespannt. Nach zehn Minuten kehrte McConnor zurück, nicht sehr aufgeräumt, wie mir schien.

»Nun?« fragte ich.

»Sie haben recht gehabt«, antwortete er etwas verärgert. »Kein sehr angenehmer Herr. Ich stellte mich vor, erklärte ihm, wer ich sei. Er reichte mir nicht einmal die Hand. Ich versuchte, ihm auseinanderzusetzen, wie stolz und geehrt wir alle an Bord sein würden, wenn er eine Simultanpartie gegen uns spielen wollte. Aber er hielt seinen Rücken verflucht steif; es täte ihm leid, aber er habe kontraktliche* Verpflichtungen gegen seinen Agenten, die ihm ausdrücklich untersagten, während seiner ganzen Tournee ohne Honorar zu spielen. Sein Minimum sei zweihundertfünfzig Dollar pro Partie.«

vertragliche

Ich lachte. »Auf diesen Gedanken wäre ich eigentlich nie geraten, daß Figuren von Schwarz auf Weiß zu schieben ein derart einträgliches Geschäft sein kann. Nun, ich hoffe, Sie haben sich ebenso höflich empfohlen.«

Aber McConnor blieb vollkommen ernst. »Die Partie ist für morgen nachmittags drei Uhr angesetzt. Hier im Rauchsalon. Ich hoffe, wir werden uns nicht so leicht zu Brei schlagen lassen.«

»Wie? Sie haben ihm die zweihundertfünfzig Dollar bewilligt?« rief ich ganz betroffen aus.

»Warum nicht? C'est son métier.* Wenn ich Zahnschmerzen hätte und es wäre zufällig ein Zahnarzt an Bord, würde

(franz.) Das ist sein Geschäft.

ich auch nicht verlangen, daß er mir den Zahn umsonst ziehen soll. Der Mann hat ganz recht, dicke Preise zu machen; in jedem Fach sind die wirklichen Könner auch die besten Geschäftsleute. Und was mich betrifft: je klarer ein Geschäft, um so besser. Ich zahle lieber in Cash*, als mir von einem Herrn Czentovic Gnaden erweisen zu lassen und mich am Ende noch bei ihm bedanken zu müssen. Schließlich habe ich in unserem Klub schon mehr an einem Abend verloren als zweihundertfünfzig Dollar und dabei mit keinem Weltmeister gespielt. Für ›drittklassige‹ Spieler ist es keine Schande, von einem Czentovic umgelegt zu werden.«

(engl.) mit Bargeld, in bar

Es amüsierte mich, zu bemerken, wie tief ich McConnors Selbstgefühl mit dem einen unschuldigen Wort ›drittklassiger Spieler‹ gekränkt hatte. Aber da er den teuren Spaß zu bezahlen gesonnen war, hatte ich nichts einzuwenden gegen seinen deplacierten* Ehrgeiz, der mir endlich die Bekanntschaft meines Kuriosums* vermitteln sollte. Wir verständigten eiligst die vier oder fünf Herren, die sich bisher als Schachspieler deklariert* hatten, von dem bevorstehenden Ereignis und ließen, um von durchgehenden Passanten möglichst wenig gestört zu werden, nicht nur unseren Tisch, sondern auch die Nachbartische für das bevorstehende Match* im voraus reservieren.

unangebrachten

(lat.) Hier: Objekt meines Interesses

(lat.) erklärt, ausgewiesen

(engl.) Wettkampf, Partie

Am nächsten Tage war unsere kleine Gruppe zur vereinbarten Stunde vollzählig erschienen. Der Mittelplatz gegenüber dem Meister blieb selbstverständlich McConnor zugeteilt, der seine Nervosität entlud, indem er eine schwere Zigarre nach der andern anzündete und immer wieder unruhig auf die Uhr blickte. Aber der Weltmeister ließ – ich hatte nach den Erzählungen meines Freundes derlei schon geahnt – gute zehn Minuten auf sich warten, wodurch allerdings sein Erscheinen dann erhöhten Aplomb* erhielt. Er trat ruhig und gelassen auf den Tisch zu. Ohne sich vorzustellen – ›Ihr wißt, wer ich bin, und wer ihr seid,

(franz.) Nachdruck

interessiert mich nicht‹, schien diese Unhöflichkeit zu besagen –, begann er mit fachmännischer Trockenheit die sachlichen Anordnungen. Da eine Simultanpartie hier an Bord mangels an verfügbaren Schachbrettern unmöglich sei, schlage er vor, daß wir alle gemeinsam gegen ihn spielen sollten. Nach jedem Zug werde er, um unsere Beratungen nicht zu stören, sich zu einem anderen Tische am Ende des Raumes verfügen. Sobald wir unseren Gegenzug getan, sollten wir, da bedauerlicherweise keine Tischglocke zur Hand sei, mit dem Löffel gegen ein Glas klopfen. Als maximale Zugzeit schlage er zehn Minuten vor, falls wir keine andere Einteilung wünschten. Wir pflichteten selbstverständlich wie schüchterne Schüler jedem Vorschlage bei. Die Farbenwahl teilte Czentovic Schwarz zu; noch im Stehen tat er den ersten Gegenzug und wandte sich dann gleich dem von ihm vorgeschlagenen Warteplatz zu, wo er lässig hingelehnt eine illustrierte Zeitschrift durchblätterte.

Es hat wenig Sinn, über die Partie zu berichten. Sie endete selbstverständlich, wie sie enden mußte, mit unserer totalen Niederlage, und zwar bereits beim vierundzwanzigsten Zuge. Daß nun ein Weltschachmeister ein halbes Dutzend mittlerer oder untermittlerer Spieler mit der linken Hand niederfegt, war an sich wenig erstaunlich; verdrießlich wirkte eigentlich auf uns alle nur die präpotente* Art, mit der Czentovic es uns allzu deutlich fühlen ließ, daß er uns mit der linken Hand erledigte. Er warf jedesmal nur einen scheinbar flüchtigen Blick auf das Brett, sah an uns so lässig vorbei, als ob wir selbst tote Holzfiguren wären, und diese impertinente* Geste erinnerte unwillkürlich an die, mit der man einem räudigen Hund abgewendeten Blicks einen Brocken zuwirft. Bei einiger Feinfühligkeit hätte er meiner Meinung nach uns auf Fehler aufmerksam machen können oder durch ein freundliches Wort aufmuntern. Aber auch nach Beendigung der Partie äußerte dieser un-

(lat.) überhebliche

(lat.) unverschämte, ungehörige

menschliche Schachautomat keine Silbe, sondern wartete, nachdem er »Matt« gesagt, regungslos vor dem Tische, ob man noch eine zweite Partie von ihm wünsche. Schon war ich aufgestanden, um hilflos, wie man immer gegen dickfellige Grobheit bleibt, durch eine Geste anzudeuten, daß mit diesem erledigten Dollargeschäft wenigstens meinerseits das Vergnügen unserer Bekanntschaft beendet sei, als zu meinem Ärger neben mir McConnor mit ganz heiserer Stimme sagte: »Revanche!«

Ich erschrak geradezu über den herausfordernden Ton; tatsächlich bot McConnor in diesem Augenblick eher den Eindruck eines Boxers vor dem Losschlagen als den eines höflichen Gentlemans. War es die unangenehme Art der Behandlung, die uns Czentovic hatte zuteil werden lassen, oder nur sein pathologisch* reizbarer Ehrgeiz – jedenfalls war McConnors Wesen vollkommen verändert. Rot im Gesicht bis hoch hinauf an das Stirnhaar, die Nüstern von innerem Druck stark aufgespannt, transpirierte* er sichtlich, und von den verbissenen Lippen schnitt sich scharf eine Falte gegen sein kämpferisch vorgerecktes Kinn. Ich erkannte beunruhigt in seinem Auge jenes Flackern unbeherrschter Leidenschaft, wie sie sonst Menschen nur am Roulettetisch ergreift, wenn zum sechsten- oder siebentenmal bei immer verdoppeltem Einsatz nicht die richtige Farbe kommt. In diesem Augenblick wußte ich, dieser fanatisch Ehrgeizige würde, und sollte es ihn sein ganzes Vermögen kosten, gegen Czentovic so lange spielen und spielen und spielen, einfach oder doubliert*, bis er wenigstens ein einziges Mal eine Partie gewonnen. Wenn Czentovic durchhielt, so hatte er an McConnor eine Goldgrube gefunden, aus der er bis Buenos Aires ein paar tausend Dollar schaufeln konnte.

krankhaft

schwitzte

(franz.) verdoppelt

Czentovic blieb unbewegt. »Bitte«, antwortete er höflich. »Die Herren spielen jetzt Schwarz.«

Auch die zweite Partie bot kein verändertes Bild, außer daß

durch einige Neugierige unser Kreis nicht nur größer, sondern auch lebhafter geworden war. McConnor blickte so starr auf das Brett, als wollte er die Figuren mit seinem Willen, zu gewinnen, magnetisieren; ich spürte ihm an, daß er auch tausend Dollar begeistert geopfert hätte für den Lustschrei ›Matt!‹ gegen den kaltschnäuzigen Gegner. Merkwürdigerweise ging etwas von seiner verbissenen Erregung unbewußt in uns über. Jeder einzelne Zug wurde ungleich leidenschaftlicher diskutiert als vordem, immer hielten wir noch im letzten Moment einer den andern zurück, ehe wir uns einigten, das Zeichen zu geben, das Czentovic an unseren Tisch zurückrief. Allmählich waren wir ⌜beim siebzehnten Zuge angelangt⌝, und zu unserer eigenen Überraschung [war] eine Konstellation* eingetreten, die verblüffend vorteilhaft schien, weil es uns gelungen war, den Bauern der c-Linie bis auf das vorletzte Feld c2 zu bringen; wir brauchten ihn nur vorzuschieben, auf c1, um eine neue Dame zu gewinnen. Ganz behaglich war uns freilich nicht bei dieser allzu offenkundigen Chance; wir argwöhnten einmütig, dieser scheinbar von uns errungene Vorteil müsse von Czentovic, der doch die Situation viel weitblickender übersah, mit Absicht uns als Angelhaken zugeschoben sein. Aber trotz angestrengtem gemeinsamem Suchen und Diskutieren vermochten wir die versteckte Finte nicht wahrzunehmen. Schließlich, schon knapp am Rande der verstatteten* Überlegungsfrist, entschlossen wir uns, den Zug zu wagen. Schon rührte McConnor den Bauern an, um ihn auf das letzte Feld zu schieben, als er sich jäh am Arm gepackt fühlte und jemand leise und heftig flüsterte: »Um Gottes willen! Nicht!«

Hier: Stellung der Schachfiguren

gestatteten

Unwillkürlich wandten wir uns alle um. Ein Herr von etwa fünfundvierzig Jahren, dessen schmales, scharfes Gesicht mir schon vordem* auf der Deckpromenade durch seine merkwürdige, fast kreidige Blässe aufgefallen war, mußte in den letzten Minuten, indes wir unsere ganze Aufmerk-

früher

samkeit dem Problem zuwandten, zu uns getreten sein. Hastig fügte er, unseren Blick spürend, hinzu:
»Wenn Sie jetzt eine Dame machen, schlägt er sie sofort mit dem Läufer c1. Sie nehmen mit dem Springer zurück. Aber inzwischen geht er mit seinem Freibauern auf d7, bedroht Ihren Turm, und auch wenn Sie mit dem Springer Schach sagen, verlieren Sie und sind nach neun bis zehn Zügen erledigt. Es ist beinahe dieselbe Konstellation, wie sie Aljechin gegen Bogoljubow 1922 im Pistyaner Großturnier initiiert hat.«
McConnor ließ erstaunt die Hand von der Figur und starrte nicht minder verwundert als wir alle auf den Mann, der wie ein unvermuteter Engel helfend vom Himmel kam. Jemand, der auf neun Züge im voraus ein Matt berechnen konnte, mußte ein Fachmann ersten Ranges sein, vielleicht sogar ein Konkurrent um die Meisterschaft, der zum gleichen Turnier reiste, und sein plötzliches Kommen, sein Eingreifen gerade in einem so kritischen Moment hatte etwas fast Übernatürliches. Als erster faßte sich McConnor.
»Was würden Sie raten?« flüsterte er aufgeregt.
»Nicht gleich vorziehen, sondern zunächst ausweichen! Vor allem mit dem König abrücken aus der gefährdeten Linie von g8 auf h7. Er wird wahrscheinlich den Angriff dann auf die andere Flanke hinüberwerfen. Aber das parieren* Sie mit Turm c8–4; das kostet ihn zwei Tempi*, einen Bauern und damit die Überlegenheit. Dann steht Freibauer gegen Freibauer, und wenn Sie sich richtig defensiv halten, kommen Sie noch auf Remis*. Mehr ist nicht herauszuholen.«

wehren Sie ab

Zeitverzögerungen durch Züge, die keinen Positionsvorteil erbringen

Vgl. 12,31.

Wir staunten abermals. Die Präzision nicht minder als die Raschheit seiner Berechnung hatte etwas Verwirrendes; es war, als ob er die Züge aus einem gedruckten Buche ablesen würde. Immerhin wirkte die unvermutete Chance, dank seines Eingreifens unsere Partie gegen einen Weltmeister auf Remis zu bringen, zauberisch. Einmütig rückten wir zur Seite, um ihm freieren Blick auf das Brett zu gewähren. Noch einmal fragte McConnor:

»Also König g8 auf h7?«

»Jawohl! Ausweichen vor allem!«

McConnor gehorchte, und wir klopften an das Glas. Czentovic trat mit seinem gewohnt-gleichmütigen Schritt an unseren Tisch und maß mit einem einzigen Blick den Gegenzug. Dann zog er auf dem Königsflügel den Bauern h2–h4, genau wie es unser unbekannter Helfer vorausgesagt. Und schon flüsterte dieser aufgeregt:

»Turm vor, Turm vor, c8 auf c4, er muß dann zuerst den Bauern decken. Aber das wird ihm nichts helfen! Sie schlagen, ohne sich um seinen Freibauern zu kümmern, mit dem Springer c3–d5, und das Gleichgewicht ist wieder hergestellt. Den ganzen Druck nach vorwärts, statt zu verteidigen!«

Wir verstanden nicht, was er meinte. Für uns war, was er sagte, chinesisch. Aber schon einmal in seinem Bann, zog McConnor, ohne zu überlegen, wie jener geboten. Wir schlugen abermals an das Glas, um Czentovic zurückzurufen. Zum ersten Male entschied er sich nicht rasch, sondern blickte gespannt auf das Brett. Unwillkürlich schoben sich seine Brauen zusammen. Dann tat er genau den Zug, den der Fremde uns angekündigt, und wandte sich zum Gehen. Jedoch ehe er zurücktrat, geschah etwas Neues und Unerwartetes. Czentovic hob den Blick und musterte unsere Reihen; offenbar wollte er herausfinden, wer ihm mit einem Male so energischen Widerstand leistete.

Von diesem Augenblick an wuchs unsere Erregung ins Ungemessene. Bisher hatten wir ohne ernstliche Hoffnung gespielt, nun aber trieb der Gedanke, den kalten Hochmut Czentovics zu brechen, uns eine fliegende Hitze durch alle Pulse. Schon aber hatte unser neuer Freund den nächsten Zug angeordnet, und wir konnten – die Finger zitterten mir, als ich den Löffel an das Glas schlug – Czentovic zurückrufen. Und nun kam unser erster Triumph. Czentovic, der bisher immer nur im Stehen gespielt, zögerte, zögerte und setzte sich schließlich nieder. Er setzte sich langsam und schwerfällig; damit aber war schon rein körperlich das bisherige Von-oben-herab zwischen ihm und uns aufgehoben. Wir hatten ihn genötigt, sich wenigstens räumlich auf eine Ebene mit uns zu begeben. Er überlegte lange, die Augen unbeweglich auf das Brett gesenkt, so daß man kaum mehr die Pupillen unter den schwarzen Lidern wahrnehmen konnte, und im angestrengten Nachdenken öffnete sich ihm allmählich der Mund, was seinem runden Gesicht ein etwas einfältiges Aussehen gab. Czentovic überlegte einige Minuten, dann tat er seinen Zug und stand auf. Und schon flüsterte unser Freund:

»Ein Hinhaltezug! Gut gedacht! Aber nicht darauf eingehen! Abtausch forcieren*, unbedingt Abtausch, dann kommen wir auf Remis, und kein Gott kann ihm helfen.«

Das Abtauschen der Figuren erzwingen

McConnor gehorchte. Es begann in den nächsten Zügen zwischen den beiden – wir andern waren längst zu leeren Statisten herabgesunken – ein uns unverständliches Hin und Her. Nach etwa sieben Zügen sah Czentovic nach längerem Nachdenken auf und erklärte: »Remis.«

Einen Augenblick herrschte totale Stille. Man hörte plötzlich die Wellen rauschen und das Radio aus dem Salon herüberjazzen, man vernahm jeden Schritt vom Promenadedecke und das leise, feine Sausen des Winds, der durch die Fugen der Fenster fuhr. Keiner von uns atmete, es war zu plötzlich gekommen, und wir alle [waren] noch geradezu erschrocken über das Unwahrscheinliche, daß dieser Unbekannte dem Weltmeister in einer schon halb verlorenen Partie seinen Willen aufgezwungen haben sollte. McConnor lehnte sich mit einem Ruck zurück, der zurückgehaltene Atem fuhr ihm hörbar in einem beglückten »Ah!« von den Lippen. Ich wiederum beobachtete Czentovic. Schon bei den letzten Zügen hatte mir geschienen, als ob er blässer geworden sei. Aber er verstand sich gut zusammenzuhalten. Er verharrte in seiner scheinbar gleichmütigen Starre und fragte nur in lässigster Weise, während er die Figuren mit ruhiger Hand vom Brette schob:

»Wünschen die Herren noch eine dritte Partie?«

Er stellte die Frage rein geschäftlich. Aber das Merkwürdige war: er hatte dabei nicht McConnor angeblickt, sondern scharf und gerade das Auge gegen unseren Retter gehoben. Wie ein Pferd am festeren Sitz einen neuen, einen besseren Reiter, mußte er an den letzten Zügen seinen wirklichen, seinen eigentlichen Gegner erkannt haben. Unwillkürlich folgten wir seinem Blick und sahen gespannt auf den Fremden. Jedoch ehe dieser sich besinnen oder gar antworten konnte, hatte in seiner ehrgeizigen Erregung McConnor schon triumphierend ihm zugerufen:

»Selbstverständlich! Aber jetzt müssen Sie allein gegen ihn spielen! Sie allein gegen Czentovic!«

Doch nun ereignete sich etwas Unvorhergesehenes. Der Fremde, der merkwürdigerweise noch immer angestrengt auf das schon abgeräumte Schachbrett starrte, schrak auf, da er alle Blicke auf sich gerichtet und sich so begeistert angesprochen fühlte. Seine Züge verwirrten sich.

»Auf keinen Fall, meine Herren«, stammelte er sichtlich betroffen. »Das ist völlig ausgeschlossen ... ich komme gar nicht in Betracht ... ich habe seit zwanzig, nein, fünfundzwanzig Jahren vor keinem Schachbrett gesessen ... und ... und ich sehe erst jetzt, wie ungehörig ich mich betragen habe, indem ich mich ohne Ihre Verstattung* in Ihr Spiel einmengte ... Bitte, entschuldigen Sie meine Vordringlichkeit ... ich will gewiß nicht weiter stören.« Und noch ehe wir uns von unserer Überraschung zurechtgefunden, hatte er sich bereits zurückgezogen und das Zimmer verlassen.

Erlaubnis

»Aber das ist doch ganz unmöglich!« dröhnte der temperamentvolle McConnor, mit der Faust aufschlagend. »Völ-

lig ausgeschlossen, daß dieser Mann fünfundzwanzig Jahre nicht Schach gespielt haben soll! Er hat doch jeden Zug, jede Gegenpointe auf fünf, auf sechs Züge vorausberechnet. So etwas kann niemand aus dem Handgelenk. Das ist doch völlig ausgeschlossen – nicht wahr?«
Mit der letzten Frage hatte sich McConnor unwillkürlich an Czentovic gewandt. Aber der Weltmeister blieb unerschütterlich kühl.
»Ich vermag darüber kein Urteil abzugeben. Jedenfalls hat der Herr etwas befremdlich und interessant gespielt; deshalb habe ich ihm auch absichtlich eine Chance gelassen.«
Gleichzeitig lässig aufstehend, fügte er in seiner sachlichen Art bei:
»Sollte der Herr oder die Herren morgen eine abermalige Partie wünschen, so stehe ich von drei Uhr ab zur Verfügung.«
Wir konnten ein leises Lächeln nicht unterdrücken. Jeder von uns wußte, daß Czentovic unserem unbekannten Helfer keineswegs großmütig eine Chance gelassen und diese Bemerkung nichts anderes als eine naive Ausflucht war, um sein eigenes Versagen zu maskieren. Um so heftiger wuchs unser Verlangen, einen derart unerschütterlichen Hochmut gedemütigt zu sehen. Mit einemmal war über uns friedliche, lässige Bordbewohner eine wilde, ehrgeizige Kampflust gekommen, denn der Gedanke, daß gerade auf unserem Schiff mitten auf dem Ozean dem Schachmeister die Palme entrungen werden könnte – ein Rekord, der dann von allen Telegraphenbüros über die ganze Welt hingeblitzt würde –, faszinierte uns in herausforderndster Weise. Dazu kam noch der Reiz des Mysteriösen*, der von dem unerwarteten Eingreifen unseres Retters gerade im kritischen Momente ausging, und der Kontrast seiner fast ängstlichen Bescheidenheit mit dem unerschütterlichen Selbstbewußtsein des Professionellen. Wer war dieser Unbekannte? Hatte hier der Zufall ein noch unentdecktes

Geheimnisvollen

Schachgenie zutage gefördert? Oder verbarg uns aus einem unerforschlichen Grunde ein berühmter Meister seinen Namen? Alle diese Möglichkeiten erörterten wir in aufgeregtester Weise, selbst die verwegensten Hypothesen waren uns nicht verwegen genug, um die rätselhafte Scheu und das überraschende Bekenntnis des Fremden mit seiner doch unverkennbaren Spielkunst in Einklang zu bringen. In einer Hinsicht jedoch blieben wir alle einig: keinesfalls auf das Schauspiel eines neuerlichen Kampfes zu verzichten. Wir beschlossen, alles zu versuchen, damit unser Helfer am nächsten Tage eine Partie gegen Czentovic spiele, für deren materielles Risiko McConnor aufzukommen sich verpflichtete. Da sich inzwischen durch Umfrage beim Steward herausgestellt hatte, daß der Unbekannte ein Österreicher sei, wurde mir als seinem Landsmann der Auftrag zuteil, ihm unsere Bitte zu unterbreiten.

Ich benötigte nicht lange, um auf dem Promenadedeck den so eilig Entflüchteten aufzufinden. Er lag auf seinem Deckchair* und las. Ehe ich auf ihn zutrat, nahm ich die Gelegenheit wahr, ihn zu betrachten. Der scharfgeschnittene Kopf ruhte in der Haltung leichter Ermüdung auf dem Kissen; abermals fiel mir die merkwürdige Blässe des verhältnismäßig jungen Gesichtes besonders auf, dem die Haare blendend weiß die Schläfen rahmten; ich hatte, ich weiß nicht warum, den Eindruck, dieser Mann müsse plötzlich gealtert sein. Kaum ich auf ihn zutrat, erhob er sich höflich und stellte sich mit einem Namen vor, der mir sofort vertraut war als der einer hochangesehenen altösterreichischen Familie. Ich erinnerte mich, daß ein Träger dieses Namens zu dem engsten Freundeskreise Schuberts* gehört hatte und auch einer der Leibärzte ⌜des alten Kaisers⌝ dieser Familie entstammte. Als ich Dr. B. unsere Bitte übermittelte, die Herausforderung Czentovics anzunehmen, war er sichtlich verblüfft. Es erwies sich, daß er keine Ahnung gehabt hatte, bei jener Partie einen Weltmeister, und gar

(engl.) Typ. Liegestühle an Bord v. Passagierdampfern

Österr. Komponist der Romantik (1797–1828)

den zur Zeit erfolgreichsten, ruhmreich bestanden zu haben. Aus irgendeinem Grunde schien diese Mitteilung auf ihn besonderen Eindruck zu machen, denn er erkundigte sich immer und immer wieder von neuem, ob ich dessen gewiß sei, daß sein Gegner tatsächlich ein anerkannter Weltmeister gewesen. Ich merkte bald, daß dieser Umstand meinen Auftrag erleichterte, und hielt es nur, seine Feinfühligkeit spürend, für ratsam, ihm zu verschweigen, daß das materielle Risiko einer allfälligen* Niederlage zu Lasten von McConnors Kasse ginge. Nach längerem Zögern erklärte sich Dr. B. schließlich zu einem Match bereit, doch nicht ohne ausdrücklich gebeten zu haben, die anderen Herren nochmals zu warnen, sie möchten keineswegs auf sein Können übertriebene Hoffnungen setzen.

eventuellen

»Denn«, fügte er mit einem versonnenen Lächeln hinzu, »ich weiß wahrhaftig nicht, ob ich fähig bin, eine Schachpartie nach allen Regeln richtig zu spielen. Bitte glauben Sie mir, daß es keineswegs falsche Bescheidenheit war, wenn ich sagte, daß ich seit meiner Gymnasialzeit, also seit mehr als zwanzig Jahren, keine Schachfigur mehr berührt habe. Und selbst zu jener Zeit galt ich bloß als Spieler ohne sonderliche Begabung.«

Er sagte dies in einer so natürlichen Weise, daß ich nicht den leisesten Zweifel an seiner Aufrichtigkeit hegen durfte. Dennoch konnte ich nicht umhin, meiner Verwunderung Ausdruck zu geben, wie genau er an jede einzelne Kombination der verschiedensten Meister sich erinnern könne; immerhin müsse er sich doch wenigstens theoretisch mit Schach viel beschäftigt haben. Dr. B. lächelte abermals in jener merkwürdig traumhaften Art.

»Viel beschäftigt! – Weiß Gott, das kann man wohl sagen, daß ich mich mit Schach viel beschäftigt habe. Aber das geschah unter ganz besonderen, ja völlig einmaligen Umständen. Es war dies eine ziemlich komplizierte Geschichte, und sie könnte allenfalls als kleiner Beitrag gelten zu unserer lieblichen großen Zeit. Wenn Sie eine halbe Stunde Geduld haben …«

Er hatte auf den Deckchair neben sich gedeutet: Gerne folgte ich seiner Einladung. Wir waren ohne Nachbarn. Dr. B. nahm die Lesebrille von den Augen, legte sie zur Seite und begann:

»⌜Sie waren so freundlich⌝, zu äußern, daß Sie sich als Wiener des Namens meiner Familie erinnerten. Aber ich vermute, Sie werden kaum von der Rechtsanwaltskanzlei gehört haben, die ich gemeinsam mit meinem Vater und späterhin allein leitete, denn wir führten keine Causen*, die publizistisch in der Zeitung abgehandelt wurden, und vermieden aus Prinzip neue Klienten. In Wirklichkeit hatten wir eigentlich gar keine richtige Anwaltspraxis mehr, sondern beschränkten uns ausschließlich auf die Rechtsberatung und vor allem Vermögensverwaltung der großen Klöster, denen mein Vater als früherer Abgeordneter der klerikalen Partei* nahestand. Außerdem war uns – heute, da die Monarchie der Geschichte angehört, darf man wohl schon darüber sprechen – die Verwaltung der Fonds* einiger Mitglieder der kaiserlichen Familie anvertraut. Diese Verbindungen zum Hof und zum Klerus* – mein Onkel war Leibarzt des Kaisers, ein anderer Abt in Seitenstetten* – reichten schon zwei Generationen zurück; wir hatten sie nur zu erhalten, und es war eine stille, eine, möchte ich sagen, lautlose Tätigkeit, die uns durch dies ererbte Vertrauen zugeteilt war, eigentlich nicht viel mehr erfordernd als strengste Diskretion und Verläßlichkeit, zwei Eigenschaften, die mein verstorbener Vater im höchsten Maße besaß; ihm ist es tatsächlich gelungen, sowohl in den Inflationsjahren als in jenen des Umsturzes durch seine Umsicht seinen Klienten beträchtliche Vermögenswerte zu erhalten. Als dann Hitler in Deutschland ans Ruder kam und gegen den Besitz der Kirche und der Klöster seine Raubzüge begann, gingen auch von jenseits der Grenze man-

Gerichtsangelegenheiten, Rechtsfälle

Christlichsoziale Partei in Österreich (1893–1934)

(franz.) Vermögensreserven für einen bestimmten Zweck

Kath. Geistlichkeit

Benediktinerkloster in Niederösterreich

Sitz der päpstl. Zentralbehörde
betont
(lat.) Tatsächlich

cherlei Verhandlungen und Transaktionen, um wenigstens den mobilen Besitz vor Beschlagnahme zu retten, durch unsere Hände, und von gewissen geheimen politischen Verhandlungen der Kurie* und des Kaiserhauses wußten wir beide mehr, als die Öffentlichkeit je erfahren wird. Aber gerade die Unauffälligkeit unserer Kanzlei – wir führten nicht einmal ein Schild an der Tür – sowie die Vorsicht, daß wir beide alle Monarchistenkreise in Wien ostentativ* mieden, bot sichersten Schutz vor unberufenen Nachforschungen. De facto* hat in all diesen Jahren keine Behörde in Österreich jemals vermutet, daß die geheimen Kuriere des Kaiserhauses ihre wichtigste Post immer gerade in unserer unscheinbaren Kanzlei im vierten Stock abholten oder abgaben.

Nun hatten die Nationalsozialisten, längst ehe sie ihre Armeen gegen die Welt aufrüsteten, eine andere ebenso gefährliche und geschulte Armee in allen Nachbarländern zu organisieren begonnen, die Legion der Benachteiligten, der Zurückgesetzten, der Gekränkten. In jedem Amt, in jedem Betrieb waren ihre sogenannten ›Zellen‹ eingenistet, an jeder Stelle bis hinauf in die Privatzimmer von ⌜Dollfuß⌝ und ⌜Schuschnigg⌝ saßen ihre Horchposten und Spione. Selbst in unserer unscheinbaren Kanzlei hatten sie, wie ich leider erst zu spät erfuhr, ihren Mann. Es war freilich nicht mehr als ein jämmerlicher und talentloser Kanzlist, den ich auf Empfehlung eines Pfarrers einzig deshalb angestellt hatte, um der Kanzlei nach außen hin den Anschein eines regulären Betriebs zu geben; in Wirklichkeit verwerteten [wir] ihn zu nichts anderem als zu unschuldigen Botengängen, ließen ihn das Telephon bedienen und die Akten ordnen, das heißt jene Akten, die völlig gleichgültig und unbedenklich waren. Die Post durfte er niemals öffnen, alle wichtigen Briefe schrieb ich, ohne Kopien zu hinterlegen, eigenhändig mit der Maschine, jedes wesentliche Dokument nahm ich selbst nach Hause und verlegte geheime Besprechungen ausschließlich in die Priorei* des Klosters oder in das Ordinationszimmer* meines Onkels. Dank dieser Vorsichtsmaßnahmen bekam dieser Horchposten von den wesentlichen Vorgängen nichts zu sehen; aber durch einen unglücklichen Zufall mußte der ehrgeizige und eitle Bursche bemerkt haben, daß man ihm mißtraute und hinter seinem Rücken allerlei Interessantes geschah. Vielleicht hat einmal in meiner Abwesenheit einer der Kuriere unvorsichtigerweise von ›Seiner Majestät‹ gesprochen, statt, wie vereinbart, vom ›Baron Fern‹, oder der Lump mußte Briefe widerrechtlich geöffnet haben – jedenfalls holte er sich, ehe ich Verdacht schöpfen konnte, von München oder Berlin Auftrag, uns zu überwachen. Erst viel später, als ich längst in Haft saß, erinnerte ich mich, daß seine anfängliche Lässigkeit im Dienst sich in den letzten Monaten in plötzlichen Eifer verwandelt und er sich mehrfach beinahe zudringlich angeboten, meine Korrespondenz zur Post zu bringen. Ich kann mich von einer gewissen Unvorsichtigkeit also nicht freisprechen, aber sind schließlich nicht auch die größten Diplomaten und Militärs von der Hitlerei heimtückisch überspielt worden? Wie genau und liebevoll die Gestapo mir längst ihre Aufmerksamkeit zugewandt hatte, erwies dann äußerst handgreiflich der Umstand, daß noch am selben Abend, da Schuschnigg seine Abdankung bekanntgab*, und einen Tag, ehe Hitler in Wien einzog*, ich bereits von SS-Leuten festgenommen war. Die allerwichtigsten Papiere war es mir glücklicherweise noch gelungen zu verbrennen, kaum ich im Radio die Abschiedsrede Schuschniggs gehört, und den Rest der Dokumente mit den unentbehrlichen Belegen für die im Ausland deponierten Vermögenswerte der Klöster und zweier Erzherzöge schickte ich – wirklich in der letzten Minute, ehe die Burschen mir die Tür einhämmerten – in einem Waschkorb versteckt durch meine alte, verläßliche Haushälterin zu meinem Onkel hinüber.«

Besprechungszimmer des Klostervorstehers

Sprechzimmer

Am 11.3.1938

Vgl. Erl. zu 36,22.

Dr. B. unterbrach, um sich eine Zigarre anzuzünden. Bei dem aufflackernden Licht bemerkte ich, daß ein nervöses Zucken um seinen rechten Mundwinkel lief, das mir schon vorher aufgefallen war und, wie ich beobachten konnte, sich jede paar Minuten wiederholte. Es war nur eine flüchtige Bewegung, kaum stärker als ein Hauch, aber sie gab dem ganzen Gesicht eine merkwürdige Unruhe.

»Sie vermuten nun wahrscheinlich, daß ich Ihnen jetzt vom Konzentrationslager erzählen werde, in das doch alle jene übergeführt wurden, die unserem alten Österreich die Treue gehalten, von den Erniedrigungen, Martern, Torturen*, die ich dort erlitten. Aber nichts dergleichen geschah. Ich kam in eine andere Kategorie. Ich wurde nicht zu jenen Unglücklichen getrieben, an denen man mit körperlichen und seelischen Erniedrigungen ein lang aufgespartes Ressentiment* austobte, sondern jener anderen, ganz kleinen Gruppe zugeteilt, aus der die Nationalsozialisten entweder Geld oder wichtige Informationen herauszupressen hofften. An sich war meine bescheidene Person natürlich der Gestapo völlig uninteressant. Sie mußten aber erfahren haben, daß wir die Strohmänner, die Verwalter und Vertrauten ihrer erbittertsten Gegner gewesen, und was sie von mir zu erpressen hofften, war belastendes Material: Material gegen die Klöster, denen sie Vermögensverschiebungen nachweisen wollten, Material gegen die kaiserliche Familie und all jene, die in Österreich sich aufopfernd für die Monarchie eingesetzt. Sie vermuteten – und wahrhaftig nicht zu Unrecht –, daß von jenen Fonds, die durch unsere Hände gegangen waren, wesentliche Bestände sich noch, ihrer Raublust unzugänglich, versteckten; sie holten mich darum gleich am ersten Tag heran, um mit ihren bewährten Methoden mir diese Geheimnisse abzuzwingen. Leute meiner Kategorie, aus denen wichtiges Material oder Geld herausgepreßt werden sollte, wurden deshalb nicht in Konzentrationslager abgeschoben, sondern für eine besondere

(lat.) Misshandlungen, Quälereien

(franz.) Auf Vorurteilen, Unterlegenheitsgefühlen o. Neid beruhende gefühlsmäßige, oft unbewusste Abneigung

Behandlung aufgespart. Sie erinnern sich vielleicht, daß ⌜unser Kanzler⌝ und anderseits der ⌜Baron Rothschild⌝, dessen Verwandten sie Millionen abzunötigen hofften, keineswegs hinter Stacheldraht in ein Gefangenenlager gesetzt wurden, sondern unter scheinbarer Bevorzugung in ein Hotel, das Hotel Metropole, das zugleich Hauptquartier der Gestapo war, überführt, wo jeder ein abgesondertes Zimmer erhielt. Auch mir unscheinbarem Mann wurde diese Auszeichnung erwiesen.

Ein eigenes Zimmer in einem Hotel – nicht wahr, das klingt an sich äußerst human? Aber Sie dürfen mir glauben, daß man uns keineswegs eine humanere, sondern nur eine raffiniertere Methode zudachte, wenn man uns ›Prominente‹ nicht zu zwanzig in eine eiskalte Baracke stopfte, sondern in einem leidlich geheizten und separaten Hotelzimmer behauste. Denn die Pression*, mit der man uns das benötigte ›Material‹ abzwingen wollte, sollte auf subtilere* Weise funktionieren als durch rohe Prügel oder körperliche Folterung: durch die denkbar raffinierteste Isolierung. Man tat uns nichts – man stellte uns nur in das vollkommene Nichts, denn bekanntlich erzeugt kein Ding auf Erden einen solchen Druck auf die menschliche Seele als das Nichts. Indem man uns jeden einzeln in ein völliges Vakuum sperrte, in ein Zimmer, das hermetisch* von der Außenwelt abgeschlossen war, sollte, statt von außen durch Prügel und Kälte, jener Druck von innen erzeugt werden, der uns schließlich die Lippen aufsprengte. Auf den ersten Blick sah das mir zugewiesene Zimmer durchaus nicht unbehaglich aus. Es hatte eine Tür, ein Bett, einen Sessel, eine Waschschüssel, ein vergittertes Fenster. Aber die Tür blieb Tag und Nacht verschlossen, auf dem Tisch durfte kein Buch, keine Zeitung, kein Blatt Papier, kein Bleistift liegen, das Fenster starrte eine Feuermauer an; rings um mein Ich und selbst an meinem eigenen Körper war das vollkommene Nichts konstruiert. Man hatte mir jeden Gegenstand

(lat.) Druck, Zwang, Nötigung

Hier: ausgeklügeltere

vollständig

abgenommen, die Uhr, damit ich nicht wisse um die Zeit, den Bleistift, daß ich nicht etwa schreiben könne, das Messer, damit ich mir nicht die Adern öffnen könne; selbst die kleinste Betäubung wie eine Zigarette wurde mir versagt. Nie sah ich außer dem Wärter, der kein Wort sprechen und auf keine Frage antworten durfte, ein menschliches Gesicht, nie hörte ich eine menschliche Stimme; Auge, Ohr, alle Sinne bekamen von morgens bis nachts und von nachts bis morgens nicht die geringste Nahrung, man blieb mit sich, mit seinem Körper und den vier oder fünf stummen Gegenständen Tisch, Bett, Fenster, Waschschüssel rettungslos allein; man lebte wie ein Taucher unter der Glasglocke im schwarzen Ozean dieses Schweigens und wie ein Taucher sogar, der schon ahnt, daß das Seil nach der Außenwelt abgerissen ist und er nie zurückgeholt werden wird aus der lautlosen Tiefe. Es gab nichts zu tun, nichts zu hören, nichts zu sehen, überall und ununterbrochen war um einen das Nichts, die völlige raumlose und zeitlose Leere. Man ging auf und ab, und mit einem gingen die Gedanken auf und ab, auf und ab, immer wieder. Aber selbst Gedanken, so substanzlos sie scheinen, brauchen einen Stützpunkt, sonst beginnen sie zu rotieren und sinnlos um sich selbst zu kreisen; auch sie ertragen nicht das Nichts. Man wartete auf etwas, von morgens bis abends, und es geschah nicht. Man wartete wieder und wieder. Es geschah nichts. Man wartete, wartete, wartete, man dachte, man dachte, man dachte, bis einem die Schläfen schmerzten. Nichts geschah. Man blieb allein. Allein. Allein.

Das dauerte vierzehn Tage, die ich außerhalb der Zeit, außerhalb der Welt lebte. Wäre damals ein Krieg ausgebrochen, ich hätte es nicht erfahren; meine Welt bestand doch nur aus Tisch, Tür, Bett, Waschschüssel, Sessel, Fenster und Wand, und immer starrte ich auf dieselbe Tapete an derselben Wand; jede Linie ihres gezackten Musters hat sich wie mit ehernem Stichel eingegraben bis in die innerste Falte meines Gehirns, so oft habe ich sie angestarrt. Dann endlich begannen die Verhöre. Man wurde plötzlich abgerufen, ohne recht zu wissen, ob es Tag war oder Nacht. Man wurde gerufen und durch ein paar Gänge geführt, man wußte nicht wohin; dann wartete man irgendwo und wußte nicht wo und stand plötzlich vor einem Tisch, um den ein paar uniformierte Leute saßen. Auf dem Tisch lag ein Stoß Papier: die Akten, von denen man nicht wußte, was sie enthielten, und dann begannen die Fragen, die echten und die falschen, die klaren und die tückischen, die Deckfragen und Fangfragen, und während man antwortete, blätterten fremde, böse Finger in den Papieren, von denen man nicht wußte, was sie enthielten, und fremde, böse Finger schrieben etwas in ein Protokoll, und man wußte nicht, was sie schrieben. Aber das Fürchterlichste bei diesen Verhören für mich war, daß ich nie erraten und errechnen konnte, was die Gestapoleute von den Vorgängen in meiner Kanzlei tatsächlich wußten und was sie erst aus mir herausholen wollten. Wie ich Ihnen bereits sagte, hatte ich die eigentlich belastenden Papiere meinem Onkel in letzter Stunde durch die Haushälterin geschickt. Aber hatte er sie erhalten? Hatte er sie nicht erhalten? Und wieviel hatte jener Kanzlist verraten? Wieviel hatten sie an Briefen aufgefangen, wieviel inzwischen in den deutschen Klöstern, die wir vertraten, einem ungeschickten Geistlichen vielleicht schon abgepreßt? Und sie fragten und fragten. Welche Papiere ich für jenes Kloster gekauft, mit welchen Banken ich korrespondiert, ob ich einen Herrn Soundso kenne oder nicht, ob ich Briefe aus der Schweiz erhalten und aus Steenookerzeel*? Und da ich nie errechnen konnte, wieviel sie schon ausgekundschaftet hatten, wurde jede Antwort zur ungeheuersten Verantwortung. Gab ich etwas zu, was ihnen nicht bekannt war, so lieferte ich vielleicht unnötig jemanden ans Messer. Leugnete ich zuviel ab, so schädigte ich mich selbst.

Eigentl.: Steenokkerzeel, belg. Ort östl. v. Brüssel

Aber das Verhör war noch nicht das Schlimmste. Das Schlimmste war das Zurückkommen nach dem Verhör in mein Nichts, in dasselbe Zimmer mit demselben Tisch, demselben Bett, derselben Waschschüssel, derselben Tapete. Denn kaum allein mit mir, versuchte ich zu rekonstruieren, was ich am klügsten hätte antworten sollen und was ich das nächste Mal sagen müßte, um den Verdacht wieder abzulenken, den ich vielleicht mit einer unbedachten Bemerkung heraufbeschworen. Ich überlegte, ich durchdachte, ich durchforschte, ich überprüfte meine eigene Aussage auf jedes Wort, das ich dem Untersuchungsrichter gesagt, ich rekapitulierte jede Frage, die sie gestellt, jede Antwort, die ich gegeben, ich versuchte zu erwägen, was sie davon protokolliert haben könnten, und wußte doch, daß ich das nie errechnen und erfahren könnte. Aber diese Gedanken, einmal angekurbelt im leeren Raum, hörten nicht auf, im Kopf zu rotieren, immer wieder von neuem, in immer anderen Kombinationen, und das ging hinein bis in den Schlaf; jedesmal nach einer Vernehmung durch die Gestapo übernahmen ebenso unerbittlich meine eigenen Gedanken die Marter des Fragens und Forschens und Quälens, und vielleicht noch grausamer sogar, denn jene Vernehmungen endeten doch immerhin nach einer
Vgl. 38,11f.
Stunde, und diese nie, dank der tückischen Tortur* dieser Einsamkeit. Und immer um mich nur der Tisch, der Schrank, das Bett, die Tapete, das Fenster, keine Ablenkung, kein Buch, keine Zeitung, kein fremdes Gesicht, kein Bleistift, um etwas zu notieren, kein Zündholz, um damit zu spielen, nichts, nichts, nichts. Jetzt erst gewahrte ich, wie teuflisch sinnvoll, wie psychologisch mörderisch erdacht dieses System des Hotelzimmers war. Im Konzentrationslager hätte man vielleicht Steine karren müssen, bis einem die Hände bluteten und die Füße in den Schuhen abfroren, man wäre zusammengepackt gelegen mit zwei Dutzend Menschen in Stank und Kälte. Aber man hätte

Gesichter gesehen, man hätte ein Feld, einen Karren, einen Baum, einen Stern, irgend, irgend etwas anstarren können, indes hier immer dasselbe um einen stand, immer dasselbe, das entsetzliche Dasselbe. Hier war nichts, was mich ablenken konnte von meinen Gedanken, von meinen Wahnvorstellungen, von meinem krankhaften Rekapitulieren*. Und gerade das beabsichtigten sie – ich sollte doch würgen und würgen an meinen Gedanken, bis sie mich erstickten und ich nicht anders konnte, als sie schließlich ausspeien, als auszusagen, alles auszusagen, was sie wollten, endlich das Material und die Menschen auszuliefern. Allmählich spürte ich, wie meine Nerven unter diesem gräßlichen Druck des Nichts sich zu lockern begannen, und ich spannte, der Gefahr bewußt, bis zum Zerreißen meine Nerven, irgendeine Ablenkung zu finden oder zu erfinden. Um mich zu beschäftigen, versuchte ich alles, was ich jemals auswendig gelernt, zu rezitieren und zu rekonstruieren, die Volkshymne und die Spielreime der Kinderzeit, den ⌜Homer⌝ des Gymnasiums, die Paragraphen des Bürgerlichen Gesetzbuchs. Dann versuchte ich zu rechnen, beliebige Zahlen zu addieren, zu dividieren, aber mein Gedächtnis hatte im Leeren keine festhaltende Kraft. Ich konnte mich auf nichts konzentrieren. Immer fuhr und flackerte derselbe Gedanke dazwischen: Was wissen sie? Was habe ich gestern gesagt, was muß ich das nächste Mal sagen?

Vgl. 17,28f.

Dieser eigentlich unbeschreibbare Zustand dauerte vier Monate. Nun – vier Monate, das schreibt sich leicht hin: just ein Dutzend Buchstaben! Das spricht sich leicht aus: vier Monate – vier Silben. In einer Viertelsekunde hat die Lippe rasch so einen Laut artikuliert: vier Monate! Aber niemand kann schildern, kann messen, kann veranschaulichen, nicht einem andern, nicht sich selbst, wie lange eine Zeit im Raumlosen, im Zeitlosen währt, und keinem kann man erklären, wie es einen zerfrißt und zerstört, dieses Nichts und Nichts und Nichts um einen, dies immer nur

Tisch und Bett und Waschschüssel und Tapete, und immer das Schweigen, immer derselbe Wärter, der, ohne einen anzusehen, das Essen hereinschiebt, immer dieselben Gedanken, die im Nichts um das eine kreisen, bis man irre wird. An kleinen Zeichen wurde ich beunruhigt gewahr, daß mein Gehirn in Unordnung geriet. Im Anfang war ich bei den Vernehmungen noch innerlich klar gewesen, ich hatte ruhig und überlegt ausgesagt; jenes Doppeldenken, was ich sagen sollte und was nicht, hatte noch funktioniert. Jetzt konnte ich schon die einfachsten Sätze nur mehr stammelnd artikulieren, denn während ich aussagte, starrte ich hypnotisiert auf die Feder, die protokollierend über das Papier lief, als wollte ich meinen eigenen Worten nachlaufen. Ich spürte, meine Kraft ließ nach, ich spürte, immer näher rückte der Augenblick, wo ich, um mich zu retten, alles sagen würde, was ich wußte, und vielleicht noch mehr, in dem ich, um dem Würgen dieses Nichts zu entkommen, zwölf Menschen und ihre Geheimnisse verraten würde, ohne mir selbst damit mehr zu schaffen als einen Atemzug Rast. An einem Abend war es wirklich schon so weit: als der Wärter zufällig in diesem Augenblick des Erstickens mir das Essen brachte, schrie ich ihm plötzlich nach: ›Führen Sie mich zur Vernehmung! Ich will alles sagen! Ich will alles aussagen! Ich will sagen, wo die Papiere sind, wo das Geld liegt! Alles werde ich sagen, alles!‹ Glücklicherweise hörte er mich nicht mehr. Vielleicht wollte er mich auch nicht hören.

In dieser äußersten Not ereignete sich nun etwas Unvorhergesehenes, was Rettung bot, Rettung zum mindesten für eine gewisse Zeit. Es war Ende Juli, ein dunkler, verhangener, regnerischer Tag: ich erinnere mich an diese Einzelheit deshalb ganz genau, weil der Regen gegen die Scheiben im Gang trommelte, durch den ich zur Vernehmung geführt wurde. Im Vorzimmer des Untersuchungsrichters mußte ich warten. Immer mußte man bei jeder Vorführung warten: auch dieses Wartenlassen gehörte zur Technik. Erst riß man einem die Nerven auf durch den Anruf, durch das plötzliche Abholen aus der Zelle mitten in der Nacht, und dann, wenn man schon eingestellt war auf die Vernehmung, schon Verstand und Willen gespannt hatte zum Widerstand, ließen sie einen warten, sinnlos-sinnvoll warten, eine Stunde, zwei Stunden, drei Stunden vor der Vernehmung, um den Körper müde, um die Seele mürbe zu machen. Und man ließ mich besonders lange warten an diesem Donnerstag, dem 27. Juli, zwei geschlagene Stunden im Vorzimmer stehend warten; ich erinnere mich auch an dieses Datum aus einem bestimmten Grunde so genau, denn in diesem Vorzimmer, wo ich – selbstverständlich, ohne mich niedersetzen zu dürfen – zwei Stunden mir die Beine in den Leib stehen mußte, hing ein Kalender, und ich vermag Ihnen nicht zu erklären, wie in meinem Hunger nach Gedrucktem, nach Geschriebenem ich diese eine Zahl, diese wenigen Worte ›27. Juli‹ an der Wand anstarrte und anstarrte; ich fraß sie gleichsam in mein Gehirn hinein. Und dann wartete ich wieder und wartete und starrte auf die Tür, wann sie sich endlich öffnen würde, und überlegte zugleich, was die Inquisitoren* mich diesmal fragen könnten, und wußte doch, daß sie mich etwas ganz anderes fragen würden, als worauf ich mich vorbereitete. Aber trotz alledem war die Qual dieses Wartens und Stehens zugleich eine Wohltat, eine Lust, weil dieser Raum immerhin ein anderes Zimmer war als das meine, etwas größer und mit zwei Fenstern statt einem, und ohne das Bett und ohne die Waschschüssel und ohne den bestimmten Riß am Fensterbrett, den ich millionenmal betrachtet. Die Tür war anders gestrichen, ein anderer Sessel stand an der Wand und links ein Registerschrank mit Akten sowie eine Garderobe mit Aufhängern, an denen drei oder vier nasse Militärmäntel, die Mäntel meiner Folterknechte, hingen. Ich hatte also etwas Neues, etwas anderes zu betrachten, endlich einmal

Richter bei Prozessen gg. Ketzer, hier: unnachgiebige Untersuchungsrichter etwas anderes mit meinen ausgehungerten Augen, und sie krallten sich gierig an jede Einzelheit. Ich beobachtete an diesen Mänteln jede Falte, ich bemerkte zum Beispiel einen Tropfen, der von einem der nassen Kragen niederhing, und so lächerlich es für Sie klingen mag, ich wartete mit einer unsinnigen Erregung, ob dieser Tropfen endlich abrinnen wollte, die Falte entlang, oder ob er noch gegen die Schwerkraft sich wehren und länger haften bleiben würde – ja, ich starrte und starrte minutenlang atemlos auf diesen Tropfen, als hinge mein Leben daran. Dann, als er endlich niedergerollt war, zählte ich wieder die Knöpfe auf den Mänteln nach, acht an dem einen Rock, acht an dem andern, zehn an dem dritten, dann wieder verglich ich die Aufschläge; alle diese lächerlichen, unwichtigen Kleinigkeiten betasteten, umspielten, umgriffen meine verhungerten Augen mit einer Gier, die ich nicht zu beschreiben vermag. Und plötzlich blieb mein Blick starr an etwas haften. Ich hatte entdeckt, daß an einem der Mäntel die Seitentasche etwas aufgebauscht war. Ich trat näher heran und glaubte an der rechteckigen Form der Ausbuchtung zu erkennen, was diese etwas geschwellte Tasche in sich barg: ein Buch! Mir begannen die Knie zu zittern: ein BUCH! Vier Monate lang hatte ich kein Buch in der Hand gehabt, und schon die bloße Vorstellung eines Buches, in dem man aneinandergereihte Worte sehen konnte, Zeilen, Seiten und Blätter, eines Buches, aus dem man andere, neue fremde, ablenkende Gedanken lesen, verfolgen, sich ins Hirn nehmen könnte, hatte etwas Berauschendes und gleichzeitig Betäubendes. Hypnotisiert starrten meine Augen auf die kleine Wölbung, die jenes Buch innerhalb der Tasche formte, sie glühten diese eine unscheinbare Stelle an, als ob sie ein Loch in den Mantel brennen wollten. Schließlich konnte ich meine Gier nicht verhalten; unwillkürlich schob ich mich näher heran. Schon der Gedanke, ein Buch durch den Stoff mit den Händen wenigstens antasten zu können, machte mir die Nerven in den Fingern bis zu den Nägeln glühen. Fast ohne es zu wissen, drückte ich mich näher heran. Glücklicherweise achtete der Wärter nicht auf mein gewiß sonderbares Gehaben; vielleicht auch schien es ihm nur natürlich, daß ein Mensch nach zwei Stunden aufrechten Stehens sich ein wenig an die Wand lehnen wollte. Schließlich stand ich schon ganz nahe bei dem Mantel, und mit Absicht hatte ich die Hände hinter mich auf den Rükken gelegt, damit sie unauffällig den Mantel berühren könnten. Ich tastete den Stoff an und fühlte tatsächlich durch den Stoff etwas Rechteckiges, etwas, das biegsam war und leise knisterte – ein Buch! Ein Buch! Und wie ein Schuß durchzuckte mich der Gedanke: stiehl dir das Buch! Vielleicht gelingt es, und du kannst dir's in der Zelle verstecken und dann lesen, lesen, lesen, endlich wieder einmal lesen! Der Gedanke, kaum in mich gedrungen, wirkte wie ein starkes Gift; mit einemmal begannen mir die Ohren zu brausen und das Herz zu hämmern, meine Hände wurden eiskalt und gehorchten nicht mehr. Aber nach der ersten Betäubung drängte ich mich leise und listig noch näher an den Mantel, ich drückte, immer dabei den Wächter fixierend*, mit den hinter dem Rücken versteckten Händen das Buch von unten aus der Tasche höher und höher. Und dann: ein Griff, ein leichter, vorsichtiger Zug und plötzlich hatte ich das kleine, nicht sehr umfangreiche Buch in der Hand. Jetzt erst erschrak ich vor meiner Tat. Aber ich konnte nicht mehr zurück. Jedoch wohin damit? Ich schob den Band hinter meinem Rücken unter die Hose an die Stelle, wo sie der Gürtel hielt, und von dort allmählich hinüber an die Hüfte, damit ich es beim Gehen mit der Hand militärisch an der Hosennaht festhalten könnte. Nun galt es die erste Probe. Ich trat von der Garderobe weg, einen Schritt, zwei Schritte, drei Schritte. Es ging. Es war möglich, das Buch im Gehen festzuhalten, wenn ich nur die Hand fest an den Gürtel preßte.

(lat.) anstarrend, unverwandt anblickend

Dann kam die Vernehmung. Sie erforderte meinerseits mehr Anstrengung als je, denn eigentlich konzentrierte ich meine ganze Kraft, während ich antwortete, nicht auf meine Aussage, sondern vor allem darauf, das Buch unauffällig festzuhalten. Glücklicherweise fiel das Verhör diesmal kurz aus, und ich brachte das Buch heil in mein Zimmer – ich will Sie nicht aufhalten mit all den Einzelheiten, denn einmal rutschte es von der Hose gefährlich ab mitten im Gang, und ich mußte einen schweren Hustenanfall simulieren*, um mich niederzubücken und es wieder heil unter den Gürtel zurückzuschieben. Aber welch eine Sekunde dafür, als ich damit in meine Hölle zurücktrat, endlich allein und doch nicht mehr allein!

(lat.) vortäuschen

Nun vermuten Sie wahrscheinlich, ich hätte sofort das Buch gepackt, betrachtet, gelesen. Keineswegs! Erst wollte ich die Vorlust auskosten, daß ich ein Buch bei mir hatte, die künstlich verzögernde und meine Nerven wunderbar erregende Lust, mir auszuträumen, welche Art Buch dies gestohlene am liebsten sein sollte: sehr eng gedruckt vor allem, viele, viele Lettern enthaltend, viele, viele dünne Blätter, damit ich länger daran zu lesen hätte. Und dann wünschte ich mir, es sollte ein Werk sein, das mich geistig anstrengte, nichts Flaches, nichts Leichtes, sondern etwas, das man lernen, auswendig lernen konnte, Gedichte, und am besten – welcher verwegene Traum! – Goethe oder Homer. Aber schließlich konnte ich meine Gier, meine Neugier nicht länger verhalten. Hingestreckt auf das Bett, so daß der Wärter, wenn er plötzlich die Tür aufmachen sollte, mich nicht ertappen könnte, zog ich zitternd unter dem Gürtel den Band heraus.

Der erste Blick war eine Enttäuschung und sogar eine Art erbitterter Ärger: dieses mit so ungeheurer Gefahr erbeutete, mit so glühender Erwartung aufgesparte Buch war nichts anderes als ein Schachrepetitorium*, eine Sammlung von hundertfünfzig Meisterpartien. Wäre ich nicht verrie-

(lat.) Wiederholungs- u. Übungsbuch

gelt, verschlossen gewesen, ich hätte im ersten Zorn das Buch durch ein offenes Fenster geschleudert, denn was sollte, was konnte ich mit diesem Nonsens* beginnen? Ich hatte als Knabe im Gymnasium wie die meisten anderen mich ab und zu aus Langeweile vor einem Schachbrett versucht. Aber was sollte mir dieses theoretische Zeug? Schach kann man doch nicht spielen ohne einen Partner und schon gar nicht ohne Steine, ohne Brett. Verdrossen blätterte ich die Seiten durch, um vielleicht dennoch etwas Lesbares zu entdecken, eine Einleitung, eine Anleitung; aber ich fand nichts als die nackten quadratischen Schemata* der einzelnen Meisterpartien und darunter mir zunächst unverständliche Zeichen, a1–a2, Sf1–g3 und so weiter. Alles das schien mir eine Art Algebra, zu der ich keinen Schlüssel fand. Erst allmählich enträtselte ich, daß die Buchstaben a, b, c für die Längsreihen, die Zahlen 1 bis 8 für die Querreihen eingesetzt waren und den jeweiligen Stand jeder einzelnen Figur bestimmten; damit bekamen die rein graphischen Schemata immerhin eine Sprache. Vielleicht, überlegte ich, könnte ich mir in meiner Zelle eine Art Schachbrett konstruieren und dann versuchen, diese Partien nachzuspielen; wie ein himmlischer Wink erschien es mir, daß mein Bettuch sich zufällig als grob kariert erwies. Richtig zusammengefaltet, ließ es sich am Ende so legen, um vierundsechzig Felder zusammenzubekommen. Ich versteckte also zunächst das Buch unter der Matratze und riß nur die erste Seite heraus. Dann begann ich aus kleinen Krümeln, die ich mir von meinem Brot absparte, in selbstverständlich lächerlich unvollkommener Weise die Figuren des Schachs, König, Königin und so weiter, zurechtzumodeln*; nach endlosem Bemühen konnte ich es schließlich unternehmen, auf dem karierten Bettuch die im Schachbuch abgebildete Position zu rekonstruieren. Als ich aber versuchte, die ganze Partie nachzuspielen, mißlang es zunächst vollkommen mit meinen lächerlichen

(lat.-engl.) Unsinn

(griech.) Plural v. Schema: anschauliche Darstellung, Form

nach eigenen Vorstellungen zu gestalten

Krümelfiguren, von denen ich zur Unterscheidung die eine Hälfte mit Staub dunkler gefärbt hatte. Ich verwirrte mich in den ersten Tagen unablässig; fünfmal, zehnmal, zwanzigmal mußte ich diese eine Partie immer wieder von Anfang an beginnen. Aber wer auf Erden verfügte über so viel ungenützte und nutzlose Zeit wie ich, der Sklave des Nichts, wem stand so viel unermeßliche Gier und Geduld zu Gebot? Nach sechs Tagen spielte ich schon die Partie tadellos zu Ende, nach weiteren acht Tagen benötigte ich nicht einmal die Krümel auf dem Bettuch mehr, um mir die Position aus dem Schachbuch zu vergegenständlichen, und nach weiteren acht Tagen wurde auch das karierte Bettuch entbehrlich; automatisch verwandelten sich die anfangs abstrakten Zeichen des Buches a1, a2, c7, c8 hinter meiner Stirn zu visuellen, zu plastischen* Positionen. Die Umstellung war restlos gelungen: ich hatte das Schachbrett mit seinen Figuren nach innen projiziert* und überblickte auch dank der bloßen Formeln die jeweilige Position, so wie einem geübten Musiker der bloße Anblick der Partitur schon genügt, um alle Stimmen und ihren Zusammenklang zu hören. Nach weiteren vierzehn Tagen war ich mühelos imstande, jede Partie aus dem Buch auswendig – oder, wie der Fachausdruck lautet: blind – nachzuspielen; jetzt erst begann ich zu verstehen, welche unermeßliche Wohltat mein frecher Diebstahl mir erobert. Denn ich hatte mit einem Male eine Tätigkeit – eine sinnlose, eine zwecklose, wenn Sie wollen, aber doch eine, die das Nichts um mich zunichte machte, ich besaß mit den hundertfünfzig Turnierpartien eine wunderbare Waffe gegen die erdrückende Monotonie* des Raumes und der Zeit. Um mir den Reiz der neuen Beschäftigung ungebrochen zu bewahren, teilte ich mir von nun ab jeden Tag genau ein: zwei Partien morgens, zwei Partien nachmittags, abends dann noch eine rasche Wiederholung. Damit war mein Tag, der sich sonst wie Gallert* formlos dehnte, ausgefüllt, ich war beschäftigt,

plastischen: anschaulichen

projiziert: (lat.) Hier: übertragen

Monotonie: (griech.-lat.) Eintönigkeit, Gleichförmigkeit

Gallert: durchsichtige, puddingartige Masse

ohne mich zu ermüden, denn das Schachspiel besitzt den wunderbaren Vorzug, durch Bannung der geistigen Energien auf ein engbegrenztes Feld selbst bei anstrengendster Denkleistung das Gehirn nicht zu erschlaffen, sondern eher seine Agilität und Spannkraft zu schärfen. Allmählich begann bei dem zuerst bloß mechanischen Nachspielen der Meisterpartien ein künstlerisches, ein lusthaftes Verständnis in mir zu erwachen. Ich lernte die Feinheiten, die Tükken und Schärfen in Angriff und Verteidigung verstehen, ich erfaßte die Technik des Vorausdenkens, Kombinierens, Ripostierens* und erkannte bald die persönliche Note jedes einzelnen Schachmeisters in seiner individuellen Führung so unfehlbar, wie man Verse eines Dichters schon aus wenigen Zeilen feststellt; was als bloß zeitfüllende Beschäftigung begonnen, wurde Genuß, und die Gestalten der großen Schachstrategen, wie Aljechin, Lasker, Bogoljubow, Tartakower*, traten als geliebte Kameraden in meine Einsamkeit. Unendliche Abwechslung beseelte täglich die stumme Zelle, und gerade die Regelmäßigkeit meiner Exerzitien* gab meiner Denkfähigkeit die schon erschütterte Sicherheit zurück: ich empfand mein Gehirn aufgefrischt und durch die ständige Denkdisziplin sogar noch gleichsam neu geschliffen. Daß ich klarer und konziser* dachte, erwies sich vor allem bei den Vernehmungen; unbewußt hatte ich mich auf dem Schachbrett in der Verteidigung gegen falsche Drohungen und verdeckte Winkelzüge vervollkommnet; von diesem Zeitpunkt an gab ich mir bei den Vernehmungen keine Blöße mehr, und mir dünkte sogar, daß die Gestapoleute mich allmählich mit einem gewissen Respekt zu betrachten begannen. Vielleicht fragten sie sich im stillen, da sie alle anderen zusammenbrechen sahen, aus welchen geheimen Quellen ich allein die Kraft solch unerschütterlichen Widerstands schöpfte.

Diese meine Glückszeit, da ich die hundertfünfzig Partien jenes Buches Tag für Tag systematisch nachspielte, dauerte

(lat.) Gegenstoß nach Abwehr eines gegnerischen Angriffs

Vgl. Erl. zu 9,28–31.

(lat.) geistigen Übungen

(lat.) gedrängter, auf das Wesentliche konzentriert

etwa zweieinhalb bis drei Monate. Dann geriet ich unvermuteterweise an einen toten Punkt. Plötzlich stand ich neuerdings vor dem Nichts. Denn sobald ich jede einzelne Partie zwanzig- oder dreißigmal durchgespielt hatte, verlor sie den Reiz der Neuheit, der Überraschung, ihre vordem so aufregende, so anregende Kraft war erschöpft. Welchen Sinn hatte es, nochmals und nochmals Partien zu wiederholen, die ich Zug um Zug längst auswendig kannte? Kaum ich die erste Eröffnung getan, klöppelte* sich ihr Ablauf gleichsam automatisch in mir ab, es gab keine Überraschung mehr, keine Spannungen, keine Probleme. Um mich zu beschäftigen, um mir die schon unentbehrlich gewordene Anstrengung und Ablenkung zu schaffen, hätte ich eigentlich ein anderes Buch mit anderen Partien gebraucht. Da dies aber vollkommen unmöglich war, gab es nur einen Weg auf dieser sonderbaren Irrbahn: ich mußte mir statt der alten Partien neue erfinden. Ich mußte versuchen, mit mir selbst oder vielmehr gegen mich selbst zu spielen.

spulte

Ich weiß nun nicht, bis zu welchem Grade Sie über die geistige Situation bei diesem Spiel der Spiele nachgedacht haben. Aber schon die flüchtigste Überlegung dürfte ausreichen, um klarzumachen, daß beim Schach als einem reinen, vom Zufall abgelösten Denkspiel es logischerweise eine Absurdität* bedeutet, gegen sich selbst spielen zu wollen. Das Attraktive* des Schachs beruht doch im Grunde einzig darauf, daß sich seine Strategie in zwei verschiedenen Gehirnen verschieden entwickelt, daß in diesem geistigen Krieg Schwarz die jeweiligen Manöver von Weiß nicht kennt und ständig zu erraten und zu durchkreuzen sucht, während seinerseits wiederum Weiß die geheimen Absichten von Schwarz zu überholen und parieren* strebt. Bildeten nun Schwarz und Weiß ein und dieselbe Person, so ergäbe sich der widersinnige Zustand, daß ein und dasselbe Gehirn gleichzeitig etwas wissen und doch nicht wissen

(lat.) Widersinnigkeit

(lat.) Verlockende

Vgl. Erl. zu 28,25.

sollte, daß es, als Partner Weiß funktionierend, auf Kommando völlig vergessen könnte, was es eine Minute vorher als Partner Schwarz gewollt und beabsichtigt. Ein solches Doppeldenken setzt eigentlich eine vollkommene Spaltung des Bewußtseins voraus, ein beliebiges Auf- und Abblendenkönnen der Gehirnfunktion wie bei einem mechanischen Apparat; gegen sich selbst spielen zu wollen, bedeutet also im Schach eine solche Paradoxie*, wie über seinen eigenen Schatten zu springen.

(griech.-lat.) Widerspruch, dem Erwarteten Zuwiderlaufendes

Nun, um mich kurz zu fassen, diese Unmöglichkeit, diese Absurdität habe ich in meiner Verzweiflung monatelang versucht. Aber ich hatte keine Wahl als diesen Widersinn, um nicht dem puren Irrsinn oder einem völligen geistigen Marasmus* zu verfallen. Ich war durch meine fürchterliche Situation gezwungen, diese Spaltung in ein Ich Schwarz und ein Ich Weiß zumindest zu versuchen, um nicht erdrückt zu werden von dem grauenhaften Nichts um mich.«

(griech.-lat.) Kräfteschwund

Dr. B. lehnte sich zurück in den Liegestuhl und schloß für eine Minute die Augen. Es war, als ob er eine verstörende Erinnerung gewaltsam unterdrücken wollte. Wieder lief das merkwürdige Zucken, das er nicht zu beherrschen wußte, um den linken Mundwinkel. Dann richtete er sich in seinem Lehnstuhl etwas höher auf.

»So – bis zu diesem Punkte hoffe ich, Ihnen alles ziemlich verständlich erklärt zu haben. Aber ich bin leider keineswegs gewiß, ob ich das Weitere Ihnen noch ähnlich deutlich veranschaulichen kann. Denn diese neue Beschäftigung erforderte eine so unbedingte Anspannung des Gehirns, daß sie jede gleichzeitige Selbstkontrolle unmöglich machte. Ich deutete Ihnen schon an, daß meiner Meinung nach es an sich schon Nonsens bedeutet, Schach gegen sich selber spielen zu wollen; aber selbst diese Absurdität hätte immerhin noch eine minimale Chance mit einem realen Schachbrett vor sich, weil das Schachbrett durch seine

Realität immerhin noch eine gewisse Distanz, eine materielle Exterritorialisierung* erlaubt. Vor einem wirklichen Schachbrett mit wirklichen Figuren kann man Überlegungspausen einschalten, man kann sich rein körperlich bald auf die eine Seite, bald auf die andere Seite des Tisches stellen und damit die Situation bald vom Standpunkt Schwarz, bald vom Standpunkt Weiß ins Auge fassen. Aber genötigt, wie ich war, diese Kämpfe gegen mich selbst oder, wenn Sie wollen, mit mir selbst in einen imaginären* Raum zu projizieren, war ich genötigt, in meinem Bewußtsein die jeweilige Stellung auf den vierundsechzig Feldern deutlich festzuhalten und außerdem nicht nur die momentane Figuration*, sondern auch schon die möglichen weiteren Züge von beiden Partnern mir auszukalkulieren, und zwar – ich weiß, wie absurd dies alles klingt – mir doppelt und dreifach zu imaginieren, nein, sechsfach, achtfach, zwölffach, für jedes meiner Ich, für Schwarz und Weiß immer schon vier und fünf Züge voraus. Ich mußte – verzeihen Sie, daß ich Ihnen zumute, diesen Irrsinn durchzudenken – bei diesem Spiel im abstrakten Raum der Phantasie als Spieler Weiß vier oder fünf Züge vorausberechnen und ebenso als Spieler Schwarz, also alle sich in der Entwicklung ergebenden Situationen gewissermaßen mit zwei Gehirnen vorauskombinieren, mit dem Gehirn Weiß und dem Gehirn Schwarz. Aber selbst diese Selbstzerteilung war noch nicht das Gefährlichste an meinem abstrusen* Experiment, sondern daß ich durch das selbständige Ersinnen von Partien mit einemmal den Boden unter den Füßen verlor und ins Bodenlose geriet. Das bloße Nachspielen der Meisterpartien, wie ich es in den vorhergehenden Wochen geübt, war schließlich nichts als eine reproduktive Leistung gewesen, ein reines Rekapitulieren einer gegebenen Materie und als solches nicht anstrengender, als wenn ich Gedichte auswendig gelernt hätte oder Gesetzesparagraphen memoriert; es war eine begrenzte, eine disziplinierte Tätig-

räumliche Auslagerung

nur vorgestellten, nicht wirklich existierenden

(lat.) Hier: Stellung der Schachfiguren

(lat.) sonderbaren, verworrenen

keit und darum ein ausgezeichnetes Exercitium mentale*. Meine zwei Partien, die ich morgens, die zwei, die ich nachmittags probte, stellten ein bestimmtes Pensum* dar, das ich ohne jeden Einsatz von Erregung erledigte; sie ersetzten mir eine normale Beschäftigung, und überdies hatte ich, wenn ich mich im Ablauf einer Partie irrte oder nicht weiter wußte, an dem Buche noch immer einen Halt. Nur darum war diese Tätigkeit für meine erschütterten Nerven eine so heilsame und eher beruhigende gewesen, weil ein Nachspielen fremder Partien nicht mich selber ins Spiel brachte; ob Schwarz oder Weiß siegte, blieb mir gleichgültig, es waren doch Aljechin oder Bogoljubow, die um die Palme des Champions kämpften, und meine eigene Person, mein Verstand, meine Seele genossen einzig als Zuschauer, als Kenner die Peripetien* und Schönheiten jener Partien. Von dem Augenblick an, da ich aber gegen mich zu spielen versuchte, begann ich mich unbewußt herauszufordern. Jedes meiner beiden Ich, mein Ich Schwarz und mein Ich Weiß, hatten zu wetteifern gegeneinander und gerieten jedes für sein Teil in einen Ehrgeiz, in eine Ungeduld, zu siegen, zu gewinnen; ich fieberte als Ich Schwarz nach jedem Zuge, was das Ich Weiß nun tun würde. Jedes meiner beiden Ich triumphierte, wenn das andere einen Fehler machte, und erbitterte sich gleichzeitig über sein eigenes Ungeschick.
Das alles scheint sinnlos, und in der Tat wäre ja eine solche künstliche Schizophrenie, eine solche Bewußtseinsspaltung mit ihrem Einschuß an gefährlicher Erregtheit bei einem normalen Menschen in normalem Zustande undenkbar. Aber vergessen Sie nicht, daß ich aus aller Normalität gewaltsam gerissen war, ein Häftling, unschuldig eingesperrt, seit Monaten raffiniert mit Einsamkeit gemartert, ein Mensch, der seine aufgehäufte Wut längst gegen irgend etwas entladen wollte. Und da ich nichts anderes hatte als dies unsinnige Spiel gegen mich selbst, fuhr meine Wut, meine Rachelust fanatisch in dieses Spiel hinein. Etwas in

(lat.) geistige Übung

(lat.) Lernstoff, der innerhalb einer bestimmten Zeit zu erledigen ist

(griech.) Wendepunkte

mir wollte recht behalten, und ich hatte doch nur dieses andere Ich in mir, das ich bekämpfen konnte; so steigerte ich mich während des Spiels in eine fast manische* Erregung. Im Anfang hatte ich noch ruhig und überlegt gedacht, ich hatte Pausen eingeschaltet zwischen einer und der andern Partie, um mich von der Anstrengung zu erholen; aber allmählich erlaubten meine gereizten Nerven mir kein Warten mehr. Kaum [hatte] mein Ich Weiß einen Zug getan, stieß schon mein Ich Schwarz fiebrig vor; kaum war eine Partie beendigt, so forderte ich mich schon zur nächsten heraus, denn jedesmal war doch eines der beiden Schach-Ich von dem andern besiegt und verlangte Revanche. Nie werde ich auch nur annähernd sagen können, wie viele Partien ich infolge dieser irrwitzigen Unersättlichkeit während dieser letzten Monate in meiner Zelle gegen mich selbst gespielt – vielleicht tausend, vielleicht mehr. Es war eine Besessenheit, deren ich mich nicht erwehren konnte; von früh bis nachts dachte ich an nichts als an Läufer und Bauern und Turm und König und a und b und c und Matt und Rochade*, mit meinem ganzen Sein und Fühlen stieß es mich in das karierte Quadrat. Aus der Spielfreude war eine Spiellust geworden, aus der Spiellust ein Spielzwang, eine Manie, eine frenetische* Wut, die nicht nur meine wachen Stunden, sondern allmählich auch meinen Schlaf durchdrang. Ich konnte nur Schach denken, nur in Schachbewegungen, Schachproblemen; manchmal wachte ich mit feuchter Stirne auf und erkannte, daß ich sogar im Schlaf unbewußt weitergespielt haben mußte, und wenn ich von Menschen träumte, so geschah es ausschließlich in den Bewegungen des Läufers, des Turms, im Vor- und Zurück des Rösselsprungs*. Selbst wenn ich zum Verhör gerufen wurde, konnte ich nicht mehr konzis* an meine Verantwortung denken; ich habe die Empfindung, daß bei den letzten Vernehmungen ich mich ziemlich konfus* ausgedrückt haben muß, denn die Verhörenden blickten sich

manisch: (griech.) besessene, tobsüchtige

Rochade: Doppelzug v. König u. Turm auf der Grundlinie

frenetisch: (franz.) rasende, stürmische

Rösselsprung: Bewegung des Springers o. Pferdes im Schachspiel

konzis: Hier: konzentriert

konfus: (lat.) verwirrt

manchmal befremdet an. Aber in Wirklichkeit wartete ich, während sie fragten und berieten, in meiner unseligen Gier doch nur darauf, wieder zurückgeführt zu werden in meine Zelle, um mein Spiel, mein irres Spiel, fortzusetzen, eine neue Partie und noch eine und noch eine. Jede Unterbrechung wurde mir zur Störung; selbst die Viertelstunde, da der Wärter die Gefängniszelle aufräumte, die zwei Minuten, da er mir das Essen brachte, quälten meine fiebrige Ungeduld; manchmal stand abends der Napf mit der Mahlzeit noch unberührt, ich hatte über dem Spiel vergessen zu essen. Das einzige, was ich körperlich empfand, war ein fürchterlicher Durst; es muß wohl schon das Fieber dieses ständigen Denkens und Spielens gewesen sein; ich trank die Flasche leer in zwei Zügen und quälte den Wärter um mehr und fühlte dennoch im nächsten Augenblick die Zunge schon wieder trocken im Munde. Schließlich steigerte sich meine Erregung während des Spielens – und ich tat nichts anderes mehr von morgens bis nachts – zu solchem Grade, daß ich nicht einen Augenblick mehr stillzusitzen vermochte; ununterbrochen ging ich, während ich die Partien überlegte, auf und ab, immer schneller und schneller und schneller auf und ab, auf und ab, und immer hitziger, je mehr sich die Entscheidung der Partie näherte; die Gier, zu gewinnen, zu siegen, mich selbst zu besiegen, wurde allmählich zu einer Art Wut, ich zitterte vor Ungeduld, denn immer war dem einen Schach-Ich in mir das andere zu langsam. Das eine trieb das andere an; so lächerlich es Ihnen vielleicht scheint, ich begann mich zu beschimpfen – ›schneller, schneller!‹ oder ›vorwärts, vorwärts!‹ –, wenn das eine Ich in mir mit dem andern nicht rasch genug ripostierte*. Vgl. 51,11. Selbstverständlich bin ich mir heute ganz im klaren, daß dieser mein Zustand schon eine durchaus pathologische* Vgl. 26,15. Form geistiger Überreizung war, für die ich eben keinen andern Namen finde als den bisher medizinisch unbekannten: eine Schachvergiftung. Schließ-

Vgl. 16,28. lich begann diese monomanische* Besessenheit nicht nur mein Gehirn, sondern auch meinen Körper zu attackieren. Ich magerte ab, ich schlief unruhig und verstört, ich brauchte beim Erwachen jedesmal eine besondere Anstrengung, die bleiernen Augenlider aufzuzwingen; manchmal fühlte ich mich derart schwach, daß, wenn ich ein Trinkglas anfaßte, ich es nur mit Mühe bis zu den Lippen brachte, so zitterten mir die Hände; aber kaum das Spiel begann, überkam mich eine wilde Kraft: ich lief auf und ab mit geballten Fäusten, und wie durch einen roten Nebel hörte ich manchmal meine eigene Stimme, wie sie heiser und böse ›Schach‹ oder ›Matt!‹ sich selber zuschrie.

Wie dieser grauenhafte, dieser unbeschreibbare Zustand zur Krise kam, vermag ich selbst nicht zu berichten. Alles, was ich darüber weiß, ist, daß ich eines Morgens aufwachte, und es war ein anderes Erwachen als sonst. Mein Körper war gleichsam abgelöst von mir, ich ruhte weich und wohlig. Eine dichte, gute Müdigkeit, wie ich sie seit Monaten nicht gekannt, lag auf meinen Lidern, lag so warm und wohltätig auf ihnen, daß ich mich zuerst gar nicht entschließen konnte, die Augen aufzutun. Minuten lag ich schon wach und genoß noch diese schwere Dumpfheit, dies laue Liegen mit wollüstig betäubten Sinnen. Auf einmal war mir, als ob ich hinter mir Stimmen hörte, lebendige menschliche Stimmen, leise flüsternde Stimmen, die Worte sprachen, und Sie können sich mein Entzücken nicht ausdenken, denn ich hatte doch seit Monaten, seit bald einem Jahr keine anderen Worte gehört als die harten, scharfen und bösen von der Richterbank. ›Du träumst‹, sagte ich mir. ›Du träumst! Tu keinesfalls die Augen auf! Laß ihn noch dauern, diesen Traum, sonst siehst du wieder die verfluchte Zelle um dich, den Stuhl und den Waschtisch und den Tisch und die Tapete mit dem ewig gleichen Muster. Du träumst – träume weiter!‹

Aber die Neugier behielt die Oberhand. Ich schlug langsam

und vorsichtig die Lider auf. Und Wunder: es war ein anderes Zimmer, in dem ich mich befand, ein Zimmer, breiter, geräumiger als meine Hotelzelle. Ein ungegittertes Fenster ließ freies Licht herein und einen Blick auf Bäume, grüne, im Wind wogende Bäume statt meiner starren Feuermauer, weiß und glatt glänzten die Wände, weiß und hoch hob sich über mir die Decke – wahrhaftig, ich lag in einem neuen, einem fremden Bett, und wirklich, es war kein Traum, hinter mir flüsterten leise menschliche Stimmen. Unwillkürlich muß ich mich in meiner Überraschung heftig geregt haben, denn schon hörte ich hinter mir einen nahenden Schritt. Eine Frau kam weichen Gelenks heran, eine Frau mit weißer Haube über dem Haar, eine Pflegerin, eine Schwester. Ein Schauer des Entzückens fiel über mich: ich hatte seit einem Jahr keine Frau gesehen. Ich starrte die holde Erscheinung an, und es muß ein wilder ekstatischer* Aufblick gewesen sein, denn ›Ruhig! Bleiben Sie ruhig!‹ beschwichtigte mich dringlich die Nahende. Ich aber lauschte nur auf ihre Stimme – war das nicht ein Mensch, der sprach? Gab es wirklich noch auf Erden einen Menschen, der mich nicht verhörte, nicht quälte? Und dazu noch – unfaßbares Wunder! – eine weiche, warme, eine fast zärtliche Frauenstimme. Gierig starrte ich auf ihren Mund, denn es war mir in diesem Höllenjahr unwahrscheinlich geworden, daß ein Mensch gütig zu einem andern sprechen könnte. Sie lächelte mir zu – ja, sie lächelte, es gab noch Menschen, die gütig lächeln konnten –, dann legte sie den Finger mahnend auf die Lippen und ging leise weiter. Aber ich konnte ihrem Gebot nicht gehorchen. Ich hatte mich noch nicht sattgesehen an dem Wunder. Gewaltsam versuchte ich mich in dem Bette aufzurichten, um ihr nachzublicken, diesem Wunder eines menschlichen Wesens nachzublicken, das gütig war. Aber wie ich mich am Betttrande aufstützen wollte, gelang es mir nicht. Wo sonst meine rechte Hand gewesen, Finger und Gelenk, spürte ich

(griech.) rauschhafter, verzückter

etwas Fremdes, einen dicken, großen weißen Bausch, offenbar einen umfangreichen Verband. Ich staunte dieses Weiße, Dicke, Fremde an meiner Hand zuerst verständnislos an, dann begann ich langsam zu begreifen, wo ich war, und zu überlegen, was mit mir geschehen sein mochte. Man mußte mich verwundet haben, oder ich hatte mich selbst an der Hand verletzt. Ich befand mich in einem Hospital.

Mittags kam der Arzt, ein freundlicher älterer Herr. Er kannte den Namen meiner Familie und erwähnte derart respektvoll meinen Onkel, den kaiserlichen Leibarzt, daß mich sofort das Gefühl überkam, er meine es gut mit mir. Im weiteren Verlauf richtete er allerhand Fragen an mich, vor allem eine, die mich erstaunte – ob ich Mathematiker sei oder Chemiker. Ich verneinte.

›Sonderbar‹, murmelte er. ›Im Fieber haben Sie immer so sonderbare Formeln geschrien – c3, c4. Wir haben uns alle nicht ausgekannt.‹

Ich erkundigte mich, was mit mir vorgegangen sei. Er lächelte merkwürdig.

›Nichts Ernstliches. Eine akute Irritation* der Nerven‹, und fügte, nachdem er sich zuvor vorsichtig umgeblickt hatte, leise bei: ›Schließlich eine recht verständliche. Seit dem 13. März, nicht wahr?‹

unvermittelt auftretende Reizung

Ich nickte.

›Kein Wunder bei dieser Methode‹, murmelte er. ›Sie sind nicht der erste. Aber sorgen Sie sich nicht.‹ An der Art, wie er mir dies beruhigend zuflüsterte, und dank seines begütigenden Blicks wußte ich, daß ich bei ihm gut geborgen war.

Zwei Tage später erklärte mir der gütige Doktor ziemlich freimütig, was vorgefallen war. Der Wärter hatte mich in meiner Zelle laut schreien gehört und zunächst geglaubt, daß jemand eingedrungen sei, mit dem ich streite. Kaum er sich aber an der Tür gezeigt, hätte ich mich auf ihn gestürzt und ihn mit wilden Ausrufen angeschrien, die ähnlich klangen wie: ›Zieh schon einmal, du Schuft, du Feigling!‹, ihn bei der Gurgel zu fassen gesucht und schließlich so wild angefallen, daß er um Hilfe rufen mußte. Als man mich in meinem tollwütigen Zustand dann zur ärztlichen Untersuchung schleppte, hätte ich mich plötzlich losgerissen, auf das Fenster im Gang gestürzt, die Scheibe eingeschlagen und mir dabei die Hand zerschnitten – Sie sehen noch die tiefe Narbe hier. Die ersten Nächte im Hospital hatte ich in einer Art Gehirnfieber verbracht, aber jetzt finde er mein Sensorium* völlig klar. ›Freilich‹, fügte er leise bei, ›werde ich das lieber nicht den Herrschaften melden, sonst holt man Sie am Ende noch einmal dorthin zurück. Verlassen Sie sich auf mich, ich werde mein Bestes tun.‹

* (lat.) Hier: Bewusstsein

Was dieser hilfreiche Arzt meinen Peinigern über mich berichtet hat, entzieht sich meiner Kenntnis. Jedenfalls erreichte er, was er erreichen wollte: meine Entlassung. Mag sein, daß er mich als unzurechnungsfähig erklärt hat, oder vielleicht war ich inzwischen schon der Gestapo unwichtig geworden, ⌜denn Hitler hatte seitdem Böhmen besetzt⌝, und damit war der Fall Österreich für ihn erledigt. So brauchte ich nur die Verpflichtung zu unterzeichnen, unsere Heimat innerhalb von vierzehn Tagen zu verlassen, und diese vierzehn Tage waren dermaßen erfüllt mit all den tausend Formalitäten, die heutzutage der einstmalige Weltbürger zu einer Ausreise benötigt – Militärpapiere, Polizei, Steuer, Paß, Visum, Gesundheitszeugnis –, daß ich keine Zeit hatte, über das Vergangene viel nachzusinnen. Anscheinend wirken in unserem Gehirn geheimnisvoll regulierende Kräfte, die, was der Seele lästig und gefährlich werden kann, selbsttätig ausschalten, denn immer, wenn ich zurückdenken wollte an meine Zellenzeit, erlosch gewissermaßen in meinem Gehirn das Licht; erst nach Wochen und Wochen, eigentlich erst hier auf dem Schiff, fand ich wieder den Mut, mich zu besinnen, was mir geschehen war.

Und nun werden Sie begreifen, warum ich mich so ungehörig und wahrscheinlich unverständlich Ihren Freunden gegenüber benommen. Ich schlenderte doch nur ganz zufällig durch den Rauchsalon, als ich Ihre Freunde vor dem Schachbrett sitzen sah; unwillkürlich fühlte ich den Fuß angewurzelt vor Staunen und Schrecken. Denn ich hatte total vergessen, daß man Schach spielen kann an einem wirklichen Schachbrett und mit wirklichen Figuren, vergessen, daß bei diesem Spiel zwei völlig verschiedene Menschen einander leibhaftig gegenübersitzen. Ich brauchte wahrhaftig ein paar Minuten, um mich zu erinnern, daß, was diese Spieler dort taten, im Grunde dasselbe Spiel war, das ich in meiner Hilflosigkeit monatelang gegen mich selbst versucht. Die Chiffren*, mit denen ich mich beholfen während meiner grimmigen Exerzitien*, waren doch nur Ersatz gewesen und Symbol für diese beinernen* Figuren; meine Überraschung, daß dieses Figurenrücken auf dem Brett dasselbe sei wie mein imaginäres Phantasieren im Denkraum, mochte vielleicht der eines Astronomen ähnlich sein, der sich mit den kompliziertesten Methoden auf dem Papier einen neuen Planeten errechnet hat und ihn dann wirklich am Himmel erblickt als einen weißen, klaren, substantiellen Stern. Wie magnetisch festgehalten starrte ich auf das Brett und sah dort meine Schemata, Pferd, Turm, König, Königin und Bauern als reale Figuren, aus Holz geschnitzt; um die Stellung der Partie zu überblicken, mußte ich sie unwillkürlich erst zurückmutieren aus meiner abstrakten Ziffernwelt in die der bewegten Steine. Allmählich überkam mich die Neugier, ein solches reales Spiel zwischen zwei Partnern zu beobachten. Und da passierte das Peinliche, daß ich, alle Höflichkeit vergessend, mich einmengte* in Ihre Partie. Aber dieser falsche Zug Ihres Freundes traf mich wie ein Stich ins Herz. Es war eine reine Instinkthandlung, daß ich ihn zurückhielt, ein impulsiver Zugriff, wie man, ohne zu überlegen, ein Kind

(franz.) Ziffern

Vgl. 51,19f.

aus Knochen o. Elfenbein bestehenden

einmischte

faßt, das sich über ein Geländer beugt. Erst später wurde mir die grobe Ungehörigkeit klar, deren ich mich durch meine Vordringlichkeit schuldig gemacht.«

Ich beeilte mich, Dr. B. zu versichern, wie sehr wir alle uns freuten, diesem Zufall seine Bekanntschaft zu verdanken, und daß es für mich nach all dem, was er mir anvertraut, nun doppelt interessant sein werde, ihm morgen bei dem improvisierten* Turnier zusehen zu dürfen. Dr. B. machte eine unruhige Bewegung.

»Nein, erwarten Sie wirklich nicht zu viel. Es soll nichts als eine Probe für mich sein ... eine Probe, ob ich ... ob ich überhaupt fähig bin, eine normale Schachpartie zu spielen, eine Partie auf einem wirklichen Schachbrett mit faktischen Figuren und einem lebendigen Partner ... denn ich zweifle jetzt immer mehr daran, ob jene Hunderte und vielleicht Tausende Partien, die ich gespielt habe, tatsächlich regelrechte Schachpartien waren und nicht bloß eine Art Traumschach, ein Fieberschach, ein Fieberspiel, in dem wie immer im Traum Zwischenstufen übersprungen wurden. Sie werden mir doch hoffentlich nicht im Ernst zumuten, daß ich mir anmaße, einem Schachmeister, und gar dem ersten der Welt, Paroli bieten* zu können. Was mich interessiert und intrigiert*, ist einzig die posthume* Neugier, festzustellen, ob das in der Zelle damals noch Schachspiel oder schon Wahnsinn gewesen, ob ich damals noch knapp vor oder schon jenseits der gefährlichen Klippe mich befand – nur dies, nur dies allein.«

Vom Schiffsende tönte in diesem Augenblick der Gong, der zum Abendessen rief. Wir mußten – Dr. B. hatte mir alles viel ausführlicher berichtet, als ich es hier zusammenfasse – fast zwei Stunden verplaudert haben. Ich dankte ihm herzlich und verabschiedete mich. Aber noch war ich nicht das Deck entlang, so kam er mir schon nach und fügte sichtlich nervös und sogar etwas stottrig bei:

»Noch eines! Wollen Sie den Herren gleich im voraus aus-

nicht geplanten, nicht vorbereiteten

wirksam Widerstand leisten

fesselt, stark beschäftigt

Hier: nachträgliche

richten, damit ich nachträglich nicht unhöflich erscheine: ich spiele nur eine einzige Partie ... Sie soll nichts als der Schlußstrich unter eine alte Rechnung sein – eine endgültige Erledigung und nicht ein neuer Anfang ... Ich möchte nicht ein zweites Mal in dieses leidenschaftliche Spielfieber geraten, an das ich nur mit Grauen zurückdenken kann ... und übrigens ..., übrigens hat mich damals auch der Arzt gewarnt ... ausdrücklich gewarnt. Jeder, der einer Manie verfallen war, bleibt für immer gefährdet, und mit einer – wenn auch ausgeheilten – Schachvergiftung soll man besser keinem Schachbrett nahekommen ... Also Sie verstehen – nur diese eine Probepartie für mich selbst und nicht mehr.«

Pünktlich um die vereinbarte Stunde, drei Uhr, waren wir am nächsten Tage im Rauchsalon versammelt. Unsere Runde hatte sich noch um zwei Liebhaber der königlichen Kunst vermehrt, zwei Schiffsoffiziere, die sich eigens Urlaub vom Borddienst erbeten, um dem Turnier zusehen zu können. Auch Czentovic ließ nicht wie am vorhergehenden Tage auf sich warten, und nach der obligaten* Wahl der Farben begann die denkwürdige Partie dieses ⌜Homo obscurissimus⌝ gegen den berühmten Weltmeister. Es tut mir leid, daß sie nur für uns durchaus unkompetente Zuschauer gespielt war und ihr Ablauf für die ⌜Annalen⌝ der Schachkunde ebenso verloren ist wie Beethovens Klavierimprovisationen* für die Musik. Zwar haben wir an den nächsten Nachmittagen versucht, die Partie gemeinsam aus dem Gedächtnis zu rekonstruieren, aber vergeblich; wahrscheinlich hatten wir alle während des Spiels zu passioniert* auf die beiden Spieler statt auf den Gang des Spiels geachtet. Denn der geistige Gegensatz im Habitus* der beiden Partner wurde im Verlauf der Partie immer mehr körperlich plastisch*. Czentovic, der Routinier*, blieb während der ganzen Zeit unbeweglich wie ein Block, die Augen streng und starr auf das Schachbrett gesenkt; Nachdenken

obligaten: erforderlichen

Klavierimprovisationen: (lat.) freie, ohne Noten dargebotene Klavierstücke

passioniert: (lat.-franz.) leidenschaftlich, gebannt

Habitus: (lat.) Aussehen, Erscheinungsbild

plastisch: (griech.-lat.) deutlich, anschaulich

Routinier: erfahrene Praktiker, alte Fuchs

schien bei ihm eine geradezu physische Anstrengung, die alle seine Organe zu äußerster Konzentration nötigte. Dr. B. dagegen bewegte sich vollkommen locker und unbefangen. ⌜Als der rechte Dilettant im schönsten Sinne des Worts, dem im Spiel nur das Spiel, das ›diletto‹ Freude macht⌝, ließ er seinen Körper völlig entspannt, plauderte während der ersten Pausen erklärend mit uns, zündete sich mit leichter Hand eine Zigarette an und blickte immer nur gerade, wenn an ihn die Reihe kam, eine Minute auf das Brett. Jedesmal hatte es den Anschein, als hätte er den Zug des Gegners schon im voraus erwartet.

Die obligaten Eröffnungszüge ergaben sich ziemlich rasch. Erst beim siebenten oder achten schien sich etwas wie ein bestimmter Plan zu entwickeln. Czentovic verlängerte seine Überlegungspausen; daran spürten wir, daß der eigentliche Kampf um die Vorhand einzusetzen begann. Aber um der Wahrheit die Ehre zu geben, bedeutete die allmähliche Entwicklung der Situation wie jede richtige Turnierpartie für uns Laien eine ziemliche Enttäuschung. Denn je mehr sich die Figuren zu einem sonderbaren Ornament* ineinander verflochten, um so undurchdringlicher wurde für uns der eigentliche Stand. Wir konnten weder wahrnehmen, was der eine Gegner noch was der andere beabsichtigte, und wer von den beiden sich eigentlich im Vorteil befand. Wir merkten bloß, daß sich einzelne Figuren wie Hebel vorschoben, um die feindliche Front aufzusprengen, aber wir vermochten nicht – da bei diesen überlegenen Spielern jede Bewegung immer auf mehrere Züge vorauskombiniert war –, die strategische Absicht in diesem Hin und Wider zu erfassen. Dazu gesellte sich allmählich eine lähmende Ermüdung, die hauptsächlich durch die endlosen Überlegungspausen Czentovics verschuldet war, die auch unseren Freund sichtlich zu irritieren begannen. Ich beobachtete beunruhigt, wie er, je länger die Partie sich hinzog, immer unruhiger auf seinem Sessel

(lat.) Verzierung(smotiv)

herumzurücken begann, bald aus Nervosität eine Zigarette nach der andern anzündend, bald nach dem Bleistift greifend, um etwas zu notieren. Dann wieder bestellte er ein Mineralwasser, das er Glas um Glas hastig hinabstürzte; es war offenbar, daß er hundertmal schneller kombinierte als Czentovic. Jedesmal, wenn dieser nach endlosem Überlegen sich entschloß, mit seiner schweren Hand eine Figur vorwärtszurücken, lächelte unser Freund nur wie jemand, der etwas lang Erwartetes eintreffen sieht, und ripostierte* bereits. Er mußte mit seinem rapid* arbeitenden Verstand im Kopf alle Möglichkeiten des Gegners vorausberechnet haben; je länger darum Czentovics Entschließung sich verzögerte, um so mehr wuchs seine Ungeduld, und um seine Lippen preßte sich während des Wartens ein ärgerlicher und fast feindseliger Zug. Aber Czentovic ließ sich keineswegs drängen. Er überlegte stur und stumm und pausierte immer länger, je mehr sich das Feld von Figuren entblößte. Beim zweiundvierzigsten Zuge, nach geschlagenen zweidreiviertel Stunden, saßen wir schon alle ermüdet und beinahe teilnahmslos um den Turniertisch. Einer der Schiffsoffiziere hatte sich bereits entfernt, ein anderer ein Buch zur Lektüre genommen und blickte nur bei jeder Veränderung für einen Augenblick auf. Aber da geschah plötzlich bei einem Zuge Czentovics das Unerwartete. Sobald Dr. B. merkte, daß Czentovic den Springer faßte, um ihn vorzuziehen, duckte er sich zusammen wie eine Katze vor dem Ansprung. Sein ganzer Körper begann zu zittern, und kaum Czentovic den Springerzug getan, schob er scharf die Dame vor, sagte laut triumphierend: »So! Erledigt!«, lehnte sich zurück, kreuzte die Arme über der Brust und sah mit herausforderndem Blick auf Czentovic. Ein heißes Licht glomm plötzlich in seiner Pupille.

Vgl. 51,11.

(lat.-franz.) sehr schnell, rasch

Unwillkürlich beugten wir uns über das Brett, um den so triumphierend angekündigten Zug zu verstehen. Auf den ersten Blick war keine direkte Bedrohung sichtbar. Die Äußerung unseres Freundes mußte sich also auf eine Entwicklung beziehen, die wir kurzdenkende Dilettanten* noch nicht errechnen konnten. Czentovic war der einzige unter uns, der sich bei jener herausfordernden Ankündigung nicht gerührt hatte; er saß so unerschütterlich, als ob er das beleidigende ›Erledigt!‹ völlig überhört hätte. Nichts geschah. Man hörte, da wir alle unwillkürlich den Atem anhielten, mit einemmal das Ticken der Uhr, die man zur Feststellung der Zugzeit auf den Tisch gelegt hatte. Es wurden drei Minuten, sieben Minuten, acht Minuten – Czentovic rührte sich nicht, aber mir war, als ob sich von einer inneren Anstrengung seine dicken Nüstern noch breiter dehnten. Unserem Freunde schien dieses stumme Warten ebenso unerträglich wie uns selbst. Mit einem Ruck stand er plötzlich auf und begann im Rauchzimmer auf und ab zu gehen, erst langsam, dann schneller und immer schneller. Alle blickten wir ihm etwas verwundert zu, aber keiner beunruhigter als ich, denn mir fiel auf, daß seine Schritte trotz aller Heftigkeit dieses Auf und Ab immer nur die gleiche Spanne Raum ausmaßen; es war, als ob er jedesmal mitten im leeren Zimmer an eine unsichtbare Schranke stieße, die ihn nötigte umzukehren. Und schaudernd erkannte ich, es reproduzierte unbewußt dieses Auf und Ab das Ausmaß seiner einstigen Zelle; genau so mußte er in den Monaten des Eingesperrtseins auf und ab gerannt sein wie ein eingesperrtes Tier im Käfig, genau so die Hände verkrampft und die Schultern eingeduckt; so und nur so mußte er dort tausendmal auf und nieder gelaufen sein, die roten Lichter des Wahnsinns im starren und doch fiebernden Blick. Aber noch schien sein Denkvermögen völlig intakt, denn von Zeit zu Zeit wandte er sich ungeduldig dem Tisch zu, ob Czentovic sich inzwischen schon entschieden hätte. Aber es wurden neun, es wurden zehn Minuten. Dann endlich geschah, was niemand von uns erwartet hatte. Czentovic hob langsam seine schwere Hand, die bis-

Vgl. Erl. zu 65,4–6.

her unbeweglich auf dem Tisch gelegen. Gespannt blickten wir alle auf seine Entscheidung. Aber Czentovic tat keinen Zug, sondern sein gewendeter Handrücken schob mit einem entschiedenen Ruck alle Figuren langsam vom Brett. Erst im nächsten Augenblick verstanden wir: Czentovic hatte die Partie aufgegeben. Er hatte kapituliert, um nicht vor uns sichtbar mattgesetzt zu werden. Das Unwahrscheinliche hatte sich ereignet, der Weltmeister, der Champion zahlloser Turniere hatte die Fahne gestrichen vor einem Unbekannten, einem Manne, der zwanzig oder fünfundzwanzig Jahre kein Schachbrett angerührt. Unser Freund, der Anonymus*, der Ignotus*, hatte den stärksten Schachspieler der Erde in offenem Kampfe besiegt!

(griech.-lat.) Namenlose, Ungenannte

(lat.) Unbekannte

Ohne es zu merken, waren wir in unserer Erregung einer nach dem andern aufgestanden. Jeder von uns hatte das Gefühl, er müßte etwas sagen oder tun, um unserem freudigen Schrecken Luft zu machen. Der einzige, der unbeweglich in seiner Ruhe verharrte, war Czentovic. Erst nach einer gemessenen Pause hob er den Kopf und blickte unseren Freund mit steinernem Blick an.

»Noch eine Partie?« fragte er.

»Selbstverständlich«, antwortete Dr. B. mit einer mir unangenehmen Begeisterung und setzte sich, noch ehe ich ihn an seinen Vorsatz mahnen konnte, es bei einer Partie bewenden zu lassen, sofort wieder nieder und begann mit fiebriger Hast die Figuren neu aufzustellen. Er rückte sie mit solcher Hitzigkeit zusammen, daß zweimal ein Bauer durch die zitternden Finger zu Boden glitt; mein schon früher peinliches Unbehagen angesichts seiner unnatürlichen Erregtheit wuchs zu einer Art Angst. Denn eine sichtbare Exaltiertheit* war über den vorher so stillen und ruhigen Menschen gekommen; das Zucken fuhr immer öfter um seinen Mund, und sein Körper zitterte wie von einem jähen Fieber geschüttelt.

(lat.) Überreizung, Aufregung

»Nicht!« flüsterte ich ihm leise zu. »Nicht jetzt! Lassen Sie's für heute genug sein! Es ist für Sie zu anstrengend.«

»Anstrengend! Ha!« lachte er laut und boshaft. »Siebzehn Partien hätte ich unterdessen spielen können statt dieser Bummelei! Anstrengend ist für mich einzig, bei diesem Tempo nicht einzuschlafen! – Nun! Fangen Sie doch schon einmal an!«

Diese letzten Worte hatte er in heftigem, beinahe grobem Ton zu Czentovic gesagt. Dieser blickte ihn ruhig und gemessen an, aber sein steinern starrer Blick hatte etwas von einer geballten Faust. Mit einemmal stand etwas Neues zwischen den beiden Spielern; eine gefährliche Spannung, ein leidenschaftlicher Haß. Es waren nicht zwei Partner mehr, die ihr Können spielhaft aneinander proben wollten, es waren zwei Feinde, die sich gegenseitig zu vernichten geschworen. Czentovic zögerte lange, ehe er den ersten Zug tat, und mich überkam das deutliche Gefühl, er zögerte mit Absicht so lange. Offenbar hatte der geschulte Taktiker schon herausgefunden, daß er gerade durch seine Langsamkeit den Gegner ermüdete und irritierte. So setzte er nicht weniger als vier Minuten aus, ehe er die normalste, die simpelste aller Eröffnungen machte, indem er den Königsbauern die üblichen zwei Felder vorschob. Sofort fuhr unser Freund mit seinem Königsbauern ihm entgegen, aber wieder machte Czentovic eine endlose, kaum zu ertragende Pause; es war, wie wenn ein starker Blitz niederfährt und man pochenden Herzens auf den Donner wartet, und der Donner kommt und kommt nicht. Czentovic rührte sich nicht. Er überlegte still, langsam und, wie ich immer gewisser fühlte, boshaft langsam; damit aber gab er mir reichlich Zeit, Dr. B. zu beobachten. Er hatte eben das dritte Glas Wasser hinabgestürzt; unwillkürlich erinnerte ich mich, daß er mir von seinem fiebrigen Durst in der Zelle erzählt. Alle Symptome* einer anomalen* Erregung zeichneten sich deutlich ab; ich sah seine Stirne feucht werden und die Narbe auf seiner Hand röter und schärfer als zuvor. Aber noch beherrschte er sich. Erst als beim vierten

(griech.) Anzeichen

Hier: krankhaften

Zug Czentovic wieder endlos überlegte, verließ ihn die Haltung, und er fauchte ihn plötzlich an:

»So spielen Sie doch schon endlich einmal!«

Czentovic blickte kühl auf. »Wir haben meines Wissens zehn Minuten Zugzeit vereinbart. Ich spiele prinzipiell nicht mit kürzerer Zeit.«

Dr. B. biß sich die Lippe; ich merkte, wie unter dem Tisch seine Sohle unruhig und immer unruhiger gegen den Boden wippte, und wurde selbst unaufhaltsam nervöser durch das drückende Vorgefühl, daß sich irgend etwas Unsinniges in ihm vorbereitete. In der Tat ereignete sich bei dem achten Zug ein zweiter Zwischenfall. Dr. B., der immer unbeherrschter gewartet hatte, konnte seine Spannung nicht mehr verhalten; er rückte hin und her und begann unbewußt mit den Fingern auf dem Tisch zu trommeln. Abermals hob Czentovic seinen schweren bäurischen Kopf.

»Darf ich Sie bitten, nicht zu trommeln. Es stört mich. Ich kann so nicht spielen.«

»Ha!« lachte Dr. B. kurz. »Das sieht man.«

Czentovics Stirn wurde rot. »Was wollen Sie damit sagen?« fragte er scharf und böse.

Dr. B. lachte abermals knapp und boshaft. »Nichts. Nur daß Sie offenbar sehr nervös sind.«

Czentovic schwieg und beugte seinen Kopf nieder. Erst nach sieben Minuten tat er den nächsten Zug, und in diesem tödlichen Tempo schleppte sich die Partie fort. Czentovic versteinte gleichsam immer mehr; schließlich schaltete er immer das Maximum der vereinbarten Überlegungspause ein, ehe er sich zu einem Zug entschloß, und von einem Intervall* zum andern wurde das Benehmen unseres Freundes sonderbarer. Es hatte den Anschein, als ob er an der Partie gar keinen Anteil mehr nehme, sondern mit etwas ganz anderem beschäftigt sei. Er ließ sein hitziges Aufundniederlaufen und blieb an seinem Platz regungslos sitzen. Mit einem stieren und fast irren Blick ins Leere vor

(lat.) Zeitspanne, Pause

sich starrend, murmelte er ununterbrochen unverständliche Worte vor sich hin; entweder verlor er sich in endlosen Kombinationen, oder er arbeitete – dies war mein innerster Verdacht – sich ganz andere Partien aus, denn jedesmal, wenn Czentovic endlich gezogen hatte, mußte man ihn aus seiner Geistesabwesenheit zurückmahnen. Dann brauchte er immer einige Minuten, um sich in der Situation wieder zurechtzufinden, immer mehr beschlich mich der Verdacht, er habe eigentlich Czentovic und uns alle längst vergessen in dieser kalten Form des Wahnsinns, der sich plötzlich in irgendeiner Heftigkeit entladen konnte. Und tatsächlich, bei dem neunzehnten Zug brach die Krise aus. Kaum daß Czentovic seine Figur bewegt, stieß Dr. B. plötzlich, ohne recht auf das Brett zu blicken, seinen Läufer drei Felder vor und schrie derart laut, daß wir alle zusammenfuhren:

»Schach! Schach dem König!«

Wir blickten in der Erwartung eines besonderen Zuges sofort auf das Brett. Aber nach einer Minute geschah, was keiner von uns erwartet. Czentovic hob ganz, ganz langsam den Kopf und blickte – was er bisher nie getan – in unserem Kreise von einem zum andern. Er schien irgend etwas unermeßlich zu genießen, denn allmählich begann auf seinen Lippen ein zufriedenes und deutlich höhnisches Lächeln. Erst nachdem er diesen seinen uns noch unverständlichen Triumph bis zur Neige genossen, wandte er sich mit falscher Höflichkeit unserer Runde zu.

»Bedaure – aber ich sehe kein Schach. Sieht vielleicht einer von den Herren ein Schach gegen meinen König?«

Wir blickten auf das Brett und dann beunruhigt zu Dr. B. hinüber. Czentovics Königsfeld war tatsächlich – ein Kind konnte das erkennen – durch einen Bauern gegen den Läufer völlig gedeckt, also kein Schach dem König möglich. Wir wurden unruhig. Sollte unser Freund in seiner Hitzigkeit eine Figur danebengestoßen haben, ein Feld zu weit oder zu nah? Durch unser Schweigen aufmerksam gemacht, starrte jetzt auch Dr. B. auf das Brett und begann heftig zu stammeln:

»Aber der König gehört doch auf f7 ... er steht falsch, ganz falsch. Sie haben falsch gezogen! Alles steht ganz falsch auf diesem Brett ... der Bauer gehört doch auf g5 und nicht auf g4 ... Das ist ja eine ganz andere Partie ... Das ist ...«

Er stockte plötzlich. Ich hatte ihn heftig am Arm gepackt oder vielmehr ihn so hart in den Arm gekniffen, daß er selbst in seiner fiebrigen Verwirrtheit meinen Griff spüren mußte. Er wandte sich um und starrte mich wie ein Traumwandler an.

»Was ... was wollen Sie?«

(engl.) »Erinnern Sie sich!«

Ich sagte nichts als »Remember!«* und fuhr ihm gleichzeitig mit dem Finger über die Narbe seiner Hand. Er folgte unwillkürlich meiner Bewegung, sein Auge starrte glasig auf den blutroten Strich. Dann begann er plötzlich zu zittern, und ein Schauer lief über seinen ganzen Körper.

»Um Gottes willen«, flüsterte er mit blassen Lippen. »Habe ich etwas Unsinniges gesagt oder getan ..., bin ich am Ende wieder ...«

»Nein«, flüsterte ich leise. »Aber Sie müssen sofort die Partie abbrechen, es ist höchste Zeit. Erinnern Sie sich, was der Arzt Ihnen gesagt!«

Dr. B. stand mit einem Ruck auf. »Ich bitte um Entschuldigung für meinen dummen Irrtum«, sagte er mit seiner alten höflichen Stimme und verbeugte sich vor Czentovic. »Es ist natürlich purer Unsinn, was ich gesagt habe. Selbstverständlich bleibt es Ihre Partie.« Dann wandte er sich zu uns. »Auch die Herren muß ich um Entschuldigung bitten. Aber ich hatte Sie gleich im voraus gewarnt, Sie sollten von mir nicht zuviel erwarten. Verzeihen Sie die Blamage* – es war das letzte Mal, daß ich mich im Schach versucht habe.«

(franz.) peinliche Bloßstellung

Er verbeugte sich und ging, in der gleichen bescheidenen

und geheimnisvollen Weise, mit der er zuerst erschienen. Nur ich wußte, warum dieser Mann nie mehr ein Schachbrett berühren würde, indes die andern ein wenig verwirrt zurückblieben mit dem ungewissen Gefühl, mit knapper Not etwas Unbehaglichem und Gefährlichem entgangen zu sein. »Damned fool!«* knurrte McConnor in seiner Enttäuschung. Als letzter erhob sich Czentovic von seinem Sessel und warf noch einen Blick auf die halbbeendete Partie.

(engl.) »Verdammter Narr!«

»Schade«, sagte er großmütig. »Der Angriff war gar nicht so übel disponiert*. Für einen Dilettanten ist dieser Herr eigentlich ungewöhnlich begabt.«

(lat.) angelegt

# Kommentar

# Zeittafel

1881 28.11.: Stefan Zweig wird als zweiter Sohn des Textilfabrikanten Moritz Zweig (1845–1926) und seiner Frau Ida, geb. Brettauer (1854–1938), einer reichen italienischen Bankierstochter, in Wien geboren.

1892 Besuch des Maximilian-Gymnasiums im IX. Bezirk.

1900 Beginn des Studiums der Philosophie, Germanistik und Romanistik an der Universität zu Wien.

1901 Erste Buchveröffentlichung in Berlin: *Silberne Saiten*. Gedichte.

1902 Zweig gibt eine Anthologie ausgewählter Gedichte Paul Verlaines (1844–1896) sowie Charles Baudelaires (1821–1867), teilweise in eigener Übersetzung, heraus. – Im Sommer Reise nach Belgien und Bekanntschaft des Dichters Émile Verhaeren (1855–1916).

1904 Abschluss des Studiums mit der Promotion. Thema der Dissertation: *Die Philosophie des Hippolyte Taine*. – Erster Band mit Novellen: *Die Liebe der Erika Ewald*. – Längerer Aufenthalt (bis 1905) in Paris; Bekanntschaft mit Auguste Rodin (1840–1917) und Rainer Maria Rilke (1875–1926).

1906 Der Lyrikband *Die frühen Kränze* wird Zweigs erste Publikation im Insel Verlag.

1907 Zweig zieht in eine eigene Wohnung in der Wiener Kochgasse. – Veröffentlichung seines ersten Theaterstückes *Tersites*.

1908 Uraufführung des *Tersites* in Kassel (26.11.) und Dresden.

1910 Veröffentlichung von Verhaerens *Ausgewählte Gedichte* und *Drei Dramen* sowie einer Monographie über den belgischen Dichter.

1911 Reise nach Nord- und Mittelamerika, Kuba und Puerto Rico. – Es erscheint *Erstes Erlebnis. Vier Geschichten aus Kinderhand* im Insel Verlag.

1912 Bekanntschaft mit Friderike Maria von Winternitz (1882–1971), geborene Burger, einer verheirateten Mutter zweier Töchter. – 26.10.: Uraufführung des Theaterstückes *Das Haus am Meer*.

1913 Publikation der Novelle *Brennendes Geheimnis* im Insel Verlag (Erstveröffentlichung in *Erstes Erlebnis*, 1911).

1914 Militärdienst im Kriegsarchiv (bis 1915).

1916 27.11.: Tod Émile Verhaerens. – Zweig zieht mit Fr. v. Winternitz nach Kalksburg bei Rodaun. – Kauf des »Schlößchens« am Kapuzinerberg in Salzburg.

1917 Veröffentlichung des Anti-Kriegsdramas *Jeremias* im Insel Verlag. – Begegnungen mit James Joyce (1882–1941), Hermann Hesse (1877–1962), Ferruccio Busoni (1866–1924) und Frans Masareel (1889–1972).

1918 27.2.: Uraufführung des Stückes am Theater in Zürich. – Übersiedlung mit Friderike für ein Jahr in das Hotel *Belvoir* in Rüschlikon am Zürichsee.

1919 Rückkehr nach Österreich und Bezug des »Schlößchens« in Salzburg.

1920 28.1.: Heirat mit Friderike von Winternitz. – Veröffentlichung der Novelle *Der Zwang* mit Holzschnitten von Masareel; *Drei Meister*, Essays über Balzac (1799–1850), Dickens (1812–1870) und Dostojewski (1821–1881). Ende des Jahres eine Biographie über *Romain Rolland. Der Mann und das Werk*.

1921 Einführung zu den *Gesammelten Werken* von Dostojewski im Insel Verlag.

1922 Veröffentlichung des Novellenbandes *Amok. Novellen einer Leidenschaft* (darin: *Der Amokläufer* und *Phantastische Nacht*), der Novelle *Brief einer Unbekannten* sowie der Legende *Die Augen des ewigen Bruders*. – Herausgabe der gesammelten Werke Paul Verlaines.

1923 Monographie über *Frans Masareel. Der Mann und Bildner*.

1924 *Die gesammelten Gedichte* Zweigs erscheinen im Insel Verlag.

1925 Drei Aufsätze zu Hölderlin (1770–1843), Kleist (1777–1811) und Nietzsche (1844–1900) erscheinen unter dem Titel *Der Kampf mit dem Dämon*.

1926 Veröffentlichung des Theaterstückes *Volpone*, Nachdichtung einer Komödie des englischen Dichters Ben Jonson (1572–1637), Uraufführung am 6.11. im Wiener Burgtheater.

1927 Abschiedsrede zum Tod Rainer Maria Rilkes am 20.2. – Maxim Gorki (1868–1936) besorgt eine russische Ausgabe der gesammelten Werke Stefan Zweigs. – *Sternstunden der Menschheit. Fünf historische Miniaturen.*

1928 Aufsätze über Casanova (1725–1798), Stendhal (1783–1842) und Tolstoi (1828–1910) im Essayband *Drei Dichter ihres Lebens.* – Reise in die Sowjetunion. 11.9.: Vortrag im Moskauer Opernhaus zum 100. Geburtstag Leo Tolstois vor 4000 Zuhörern; Besuch bei Maxim Gorki.

1929 Veröffentlichung der Biografie *Joseph Fouché. Bildnis eines politischen Menschen*, der Tragikomödie *Das Lamm der Armen* und des Bandes *Vier Erzählungen.*

1930 Besuch bei Maxim Gorki in Sorrent.

1931 Zusammentreffen mit Joseph Roth (1894–1939) und Albert Schweitzer (1875–1965) im französischen Cap d'Antibes. – November: »50. Geburtstag, Glückwünsche aus aller Welt« (Friderike Zweig).

1932 Veröffentlichung der Biografie *Marie Antoinette. Bildnis eines mittleren Charakters.* – Ende der Zusammenarbeit mit dem Insel Verlag.

1933 10.5.: Zweigs Bücher werden von den Nationalsozialisten öffentlich verbrannt. – Übersendung des Librettos für Richard Strauss' komische Oper *Die schweigsame Frau.* – Oktober: Reise nach London. Anmietung einer Wohnung am Portland Place.

1934 Durchsuchung seines Hauses in Salzburg durch die Polizei nach »geschmuggelten Waffen«. Zweig reist nach London, während Friderike in Salzburg bleibt. – Elisabeth Charlotte Altmann (1908–1942), die er später heiratet, wird seine Sekretärin. Gemeinsame Reise nach Schottland zur Vorbereitung der Biografie Maria Stuarts. – Veröffentlichung von *Triumph und Tragik des Erasmus von Rotterdam.*

1935 Schiffsreise in die Vereinigten Staaten in Begleitung des

Dirigenten Arturo Toscanini (1867–1959) und des jiddischen Schriftstellers Schalom Asch (1880–1957). – 24.6.: Uraufführung der Oper *Die schweigsame Frau* von Richard Strauss (1864–1949) in Dresden. – Oktober: Veröffentlichung der Biografie *Maria Stuart*.

1936 Ab März ständiger Wohnsitz in London, 46, Hallam Street. – Veröffentlichung von *Castellio gegen Calvin. Ein Gewissen gegen die Gewalt*. – Reise nach Südamerika zur Teilnahme an einem Kongress des PEN-Clubs. Auf Einladung der Regierung bleibt er vom 21.8. bis 1.9. in Brasilien (»Copacabana Palace Hotel«). Rio de Janeiro und das Land beeindrucken ihn stark. Empfang durch den Staatspräsidenten.

1937 Verkauf des Salzburger Hauses und endgültige Trennung von Friderike.

1938 Friderike wohnt in Paris. Reise mit Lotte Altmann nach Portugal. – Veröffentlichung von *Magellan. Der Mann und seine Tat*. – Nach dem »Anschluss« Österreichs beantragt er im Dezember die britische Staatsbürgerschaft. Die Ehe mit Friderike wird geschieden.

1939 Veröffentlichung seines ersten Romans *Ungeduld des Herzens*, der ein internationaler Erfolg wird. – 6.9.: Heirat mit Lotte Altmann. Sie beziehen ein großzügig geschnittenes Haus in Bath bei London, das Zweig gekauft hat. – 26.9.: Gedenkrede zum Tod Joseph Roths (1894–1938) und Sigmund Freuds (1876–1939).

1940 Stefan und Lotte Zweig erhalten ihre britischen Pässe. Ende Juni: Überfahrt nach New York, dann nach Brasilien. Ende Oktober bis Mitte November zu Vortragsreisen nach Argentinien und Uruguay. 5.11.: Im brasilianischen Generalkonsulat in Buenos Aires erhalten die Zweigs das Daueraufenthaltsvisum für Brasilien. – Ende des Jahres: Rückkehr nach New York.

1941 Forschungsarbeit in der Bibliothek der Yale University über Amerigo Vespucci. Vorbereitung zur Publikation dieser Studie unter dem Titel *Amerigo. Die Geschichte eines historischen Irrtums*. Sie wird erst postum 1944 bei Bermann Fischer in Stockholm erscheinen. – Anmietung einer Wohnung in Ossining im Staat New York. Arbeit an seiner Autobiographie *Die Welt von Gestern*. – Juli: Sein Buch *Brasilien. Ein Land der Zukunft* erscheint in Rio de Janeiro auf Brasilianisch im Verlag Guanabara, im Herbst bei Viking Press in New York und in Stockholm bei Bermann Fischer. – 15.8.: Reise der Zweigs nach Rio de Janeiro. 17.8.: Umzug in den gemieteten Bungalow in Petrópolis. – In Briefen kündigt er die Planung der *Schachnovelle* an. Im November schließt er das Manuskript seiner Autobiographie ab. *Die Welt von Gestern* erscheint 1942 postum in Rio de Janeiro und 1944 auf Deutsch in Stockholm.

1942 Ende Januar: Vorläufiger Abschluss der *Schachnovelle*. 18.2: Abschiedsbrief an Abrahão Koogan (1912–2000). 20.2.: Zweig übergibt Koogan ein Textkonvolut, seinen Abschiedsbrief und vermutlich ein Typoskript der *Schachnovelle*. 21.2.: Versendung dreier Typoskripte der Novelle an seinen amerikanischen Verleger Benjamin Huebsch (1876–1964), an seinen deutschen Verleger Gottfried Bermann Fischer (1897–1995) und Alfredo Cahn (1902–1975), seinen Freund und Literaturagenten. Am Abend: Besuch des Ehepaars Feder. 22.2.: Abschiedsbrief an Friderike. 23.2.: Vermutlich am Vormittag oder mittags gehen Stefan und Lotte Zweig in den Freitod. 24.2.: Beerdigung mit großem Pomp auf dem katholischen Friedhof von Petrópolis. – September: Erste Ausgabe der *Schachnovelle* in portugiesischer Übersetzung (*A partida de xadrez*), im Dezember auf Deutsch im Verlag Pigmalión, Buenos Aires.

1943 Die *Schachnovelle* erscheint als europäische Erstausgabe bei Bermann Fischer in Stockholm.

1944 *Die Welt von Gestern* wird bei Bermann Fischer veröffentlicht, *The Royal Game* (*Schachnovelle*) bei Viking Press in New York.

## Entstehungs-, Text- und Wirkungsgeschichte

Kaum ein anderes Werk der deutschsprachigen Literatur des 20. Jahrhunderts erfordert so unbedingt die strikt einzuhaltende Unterscheidung zwischen Autor- und Textintention, Selbst- und Fremddeutung (vgl. S. 93 f.), rezeptionsgeschichtlicher Resonanz und literaturwissenschaftlicher Auseinandersetzung sowie zwischen künstlerischem Wert und literarhistorischer Bedeutung wie Stefan Zweigs *Schachnovelle* (1942). Die nur schwer zu überbrückende Diskrepanz nämlich, die zwischen des Autors Absicht klafft, er plane »eine kleine abseitige Novelle« und versuche gerade, »eine sehr seltsame *Schachnovelle* zu schreiben«, wie er brieflich seiner ersten Frau Friderike am 17. 9. 1941 bzw. zwei Tage später seinem Freund und Nachlassverwalter Richard Friedenthal (1896–1979) mitteilte (Schwamborn 1984, S. 411), und der unabweisbaren Tatsache, dass Zweigs letztes vollendetes Werk vor seinem Freitod 1942 keineswegs als eine dezidierte Erzählung über das königliche Spiel verstanden werden kann, lässt auf fundamentale Differenzen zwischen Selbst- und Fremdeinschätzung des Textes schließen. Und auch der einzigartige Triumph, den die Novelle seit der ersten Auflage als Fischer-Taschenbuch im Jahr 1974 mit bis heute über 2,2 Millionen verkauften Exemplaren feiern kann, steht in einem merkwürdigen Gegensatz zur marginalen Auflagenhöhe der deutschsprachigen Erstausgabe von gerade einmal 300 Exemplaren. Darüber hinaus befremdet die schüttere, kaum wahrnehmbare Resonanz des Textes in der literarwissenschaftlichen Forschung (vgl. Kap. Deutungsaspekte, S. 97); man könnte meinen, sie wolle das Werk schlicht ignorieren. Und die immer noch fehlende historisch-kritische Ausgabe des Zweig'schen Œuvres scheint ein weiterer Beweis für die Vermutung Ingrid Schwamborns zu sein, dass »der große Erfolg der *Schachnovelle* vielleicht auf einem anhaltenden Mißverständnis« beruhe und »Zweig sein künftiges Publikum falsch eingeschätzt« habe (Schwamborn 1984, S. 411), als er für den Erstdruck des Werkes lediglich eine streng limitierte »édition de luxe« für Bibliophile vorsah – eine Mutmaßung, die ausschließlich die überwältigende Rezeption des

Werkes, nicht aber die Bedingungen und Umstände seiner Erscheinungsweise (vgl. hierzu S. 87 ff.) betrifft.
Zwar hat es immer schon zaghafte Erklärungsversuche für dieses seltsame Phänomen und Spekulationen über Gründe für diese Diskrepanzen gegeben, jedoch fehlt es ihnen letztlich an Beweiskraft. Wenn im Folgenden der Versuch unternommen wird, ein wenig Licht in die mysteriöse Entstehungs-, verschlungene Editions- und Rezeptionsgeschichte sowie in die kontroverse Interpretation dieses Werkes zu bringen, so weiß sich der Autor v. a. der Arbeit Ingrid Schwamborns verpflichtet, die besonders mit ihrem bahnbrechenden Aufsatz von 1984 und dem von ihr 1999 herausgegebenen Sammelband Maßgebliches zum Verständnis der Erzählung beigetragen hat, die aber auch nicht davor zurückgeschreckt ist, gravierende Defizite der Forschung und ihrer Ergebnisse aufzuzeigen.

Rekonstruktion der Entstehungsgeschichte

Schon der Umstand, dass weder ein handgeschriebenes Manuskript noch irgendwelche Vorarbeiten oder Fragmente wie die in Heften zusammengefassten Teilautographen anderer Werke überliefert sind und auch literarische bzw. außerliterarische Anstöße zu diesem Werk offenkundig lediglich kolportiert wurden (vgl. Kießling 1983), macht die Rekonstruktion der Entstehung der *Schachnovelle* zu einem gleichsam detektivischen Puzzlespiel, in dem die wenigen sicheren Fakten zu einer plausiblen Gesamtschau des entstehenden Textes zusammengefügt werden müssen. Hier sind insbesondere die verdienstvollen Arbeiten Jeffrey Berlins (1982, 1999) heranzuziehen, der akribisch alle verfügbaren brieflichen Zeugnisse – und nur solche – über die Textgenese und ihren Entstehungszeitraum ausgewertet hat.

Konzeption u. Niederschrift

Offenbar hat Zweig sein einziges im brasilianischen Petrópolis in der Nähe Rio de Janeiros verfasstes und vollendetes Werk in der kurzen Zeitspanne zwischen September 1941 und Februar 1942 konzipiert und niedergeschrieben. Im August 1941 nämlich kehrte Zweig von einem Treffen mit seinem amerikanischen Freund und Herausgeber seiner Werke sowie Inhaber der Viking Press, Benjamin Huebsch, in New York in seine brasilianische Exil- und Wahlheimat zurück. Auf dem Überseedampfer S. S. Uruguay schrieb er ihm und seiner ersten Frau Friderike über die unmittelbar bevorstehende, schwierige Überarbeitung und Korrektur seiner Autobiographie *Die Welt von Gestern*, nichts jedoch von einem neuen Projekt. Gleichwohl spricht Wolfgang Kießling von einer denkwürdigen Begegnung, die Zweig auf dem Schiff gehabt haben soll. Ein österreichischer Landsmann auf dem Weg ins Exil, den Zweig später Dr. B. nannte, berichtete ihm über sein ergreifendes Schicksal kurz nach der Annexion des Landes. »Der Bericht des Mitreisenden über seinen Widerstand gegen die stupide Brutalität [der Gestapo] beeindruckte Stefan Zweig. Er hatte auf der Überfahrt ins letzte Exil die Anregung zu seiner letzten literarischen Gestaltung, zur ›Schachnovelle‹ empfangen.« (Kießling 1983, S. 387) Aus welchen Quellen Kießling seine Erkenntnis schöpft, teilt er nicht mit. Insofern sind solche Auskünfte nicht mehr als Mutmaßungen.

Angebliche autobiographische Anregung

Als gesichert kann jedoch gelten, dass Zweig vor seiner Abreise aus New York im August 1941 unter starken Depressionen litt, wie Gottfried Bermann Fischer in seiner Verleger-Autobiographie schreibt:

> »Ich traf ihn, den sonst so gepflegten, eleganten Mann, kurz vor seiner Abreise nach Brasilien, in bemitleidenswertem Zustand, unrasiert, mit hochgeschlagenem Mantelkragen, sich an den Häuserreihen einer New Yorker Straße entlangdrückend. [...] Er war in einer schweren Depression, nicht frei von Verfolgungsideen und rationalem Zuspruch ganz unzugänglich.« (Bermann Fischer 1967, S. 203)

Brief an Huebsch über *Schachnovelle*

Anfang September, möglicherweise vor dem Einzug der Zweigs in das neue Domizil in Petrópolis am 17. 9. 1941, äußerte sich der Autor ausführlich in einem undatierten Brief an Huebsch über Umfang und Gegenstand des neuen Werkes. Dort heißt es, dass er den ersten Entwurf einer weiteren schmalen Arbeit beendet habe, eine Erzählung in seinem »beliebt-unglücklichen Format«: zu kurz für einen Roman, zu lang für den Abdruck in einer Zeitschrift. In der Erzählung ginge es um Schach – sie sei damit, sagt Zweig, vermutlich die erste, die über dieses Thema geschrieben wurde. Es sei für ihn ein wahres Vergnügen, mit einer Kurzgeschichte Neuland zu betreten und den Verlauf eines Schachspiels ins Dramatische zu steigern (»I have finished the first draft of another small work, one of the stories in my usual unfortunate length, too short for a novel and too long for a magazine. […] The subject is a story about the chessboard. I believe the first which has ever been written on this subject. […] The main thing is, however, that I finish the story, and it is a real pleasure for me to try to create a short story in such a virginal atmosphere, and to raise the course of a chess game into the dramatic«; Berlin 1982, S. 268). Dem Bericht Ernst Feders (1881–1964), des ehemaligen Chefredakteurs des *Berliner Tageblatts* und unmittelbaren Nachbarn der Zweigs in Petrópolis, über *Stefan Zweigs letzte Tage* (Feder 1968) ist zu entnehmen, dass dieser ihm bereits im Januar 1942 ein noch zu überarbeitendes Manuskript oder einen Entwurf der *Schachnovelle* »in uncorrigiertem und noch lange nicht zu Ende gefeiltem Zustande« (ebd., S. 179) zugesandt hatte, bat Zweig doch »rückhaltlos« um »schachliche und literarische« (ebd.) Einwände im Hinblick auf die dargestellten Begebenheiten.

Bericht Ernst Feders

In der Zwischenzeit gab es immer wieder windstoßartig versendete Mitteilungen und Reaktionen über Zweigs in Angriff genommene Erzählung. Während Huebsch in seiner Antwort vom 10. 10. 1941 auf Zweigs undatierten September-Brief (s. o.) ankündigte, er werde über das »chess problem« nachdenken und gute Vorschläge für die Veröffentlichung des Werkes unterbreiten (Berlin 1982, S. 268), bedauerte Zweig noch im September gegenüber Richard Friedenthal (vgl. S. 82), dass er sich nicht mit einem Schachspezialisten beraten könne, und schrieb mehrfach über den fertiggestellten Entwurf zu einer Schachnovelle: am 29. 9. 1941 an seine erste Frau Friderike und am 28. 10. 1941 an den Schriftsteller und Dramaturgen Berthold Viertel (1885–1953), dem er sogar von einer kuriosen »Schachnovelle mit einer eingebauten Philosophie des Schachs« berichtete (Schwamborn 1984, S. 411). Und gleichsam als Bestätigung für die – möglicherweise vermeintliche – Vollendung des Werkes wiederholt er in seinem Brief vom 15. 1. 1942 an den in New York im Exil lebenden Landsmann und Kollegen Hermann Kesten (1900–1996) nahezu gleichlautend die an Ben Huebsch gerichtete Nachricht über die damals noch in Arbeit befindliche neue Erzählung: »Ich habe eine Novelle geschrieben in meinem beliebtunglücklichen Format, zu groß für eine Zeitung und ein Magazin, zu klein für ein Buch, zu abstrakt für das große Publikum, zu abseitig in seinem Thema.« (Ebd., S. 412)

Mitte Januar 1942 war Zweig jedoch immer noch – parallel zu dem bereits begonnenen Essay über Michel de Montaigne (1533–1592) und der Fortführung seiner Arbeit an der Biographie über Honoré de Balzac (1799–1850) – mit der Erzählung beschäftigt. Die Sichtung neu entdeckter Briefe Zweigs an Ben Huebsch durch Jeffrey Berlin ergab nämlich, dass Zweig noch am 16. und am 28. 1. 1942 – also nach seinen Schreiben an Feder und Kesten (vgl. S. 85) – seinen amerikanischen Verleger mit den Worten vertröstet, er werde ihm bald die *Schachnovelle* schicken (»For your private information I am going to send you soon my new Schachnovelle«; Berlin 1999, S. 261). In dem zweiten Brief teilt er ihm mit, dass die *Schachnovelle* bald getippt und er mit großer Freude an dem Montaigne-Essay weiterarbeiten würde (»My Schachnovelle will be typed soon and I continue with great pleasure my Montaigne«; ebd.). Und selbst auf die aufmunternd gedachten Zeilen in Huebschs Antwortbrief vom 11. 2. 1942, dass er begierig sei, die *Schachnovelle* zu lesen (»I am eager to read the Schachnovelle«), wiederholt Zweig am 17. 2. 1942 nur sein Versprechen, dass er an dem Montaigne weiterschreibe und Huebsch bald die Novelle erhalten werde (»I continue my Montaigne, also the chess story will soon be in your hands«; ebd.). Der Schlussfolgerung Berlins aus diesem Sachverhalt, »daß Zweig bis zum letzten Moment an *Schachnovelle* gearbeitet hat und sie erst absandte, als er damit zufrieden war« (ebd., S. 261, Anm. 26), ist nicht nur zuzustimmen, sondern wird auch durch die Tatsache erhärtet, dass Lotte Zweig im Sinne ihres Mannes im fertiggestellten Typoskript an den deutschen Verleger Gottfried Bermann Fischer noch »zahlreiche handschriftliche Verbesserungen oder Varianten« (Schwamborn 1999, S. 266) – worüber noch zu handeln sein wird (vgl. S. 88 f.) – vorgenommen hat.

Andere Reaktionen oder Antwortschreiben auf Zweigs verstreute Mitteilungen sind bislang weder bekannt noch überliefert. Der enge zeitliche, keineswegs thematische Zusammenhang zwischen der *Schachnovelle* und dem nicht mehr vollendeten Montaigne-Essay und der Arbeit über Balzac wird auch durch die bislang einzige, vom Komponisten Berthold Tuercke (*1957) gefundene Skizze zur Erzählung dokumentiert, die die letzte Par-

Skizze zur Erzählung

tie zwischen Czentovic und Dr. B., also den Schluss der Novelle, zum Gegenstand hat. »Auf der Rückseite der letzten Seite von Zweigs Notizen zur geplanten Biographie Montaignes findet man im Stakkato-Ton den Schluß von *Schachnovelle*, in kaum leserlicher Schrift, mit Bleistift hingeworfen.« (Schwamborn 1999, S. 218 u. 212 f.) Diese Skizze wird in der Nationalbibliothek von Rio de Janeiro aufbewahrt.

Nach dem 17. 2. 1942 wurde die Lage für Zweig immer prekärer. Getrieben von der Sorge, einen geeigneten Verlag für die von ihm gewünschte Publikationsform seiner jüngsten Erzählung zu finden (vgl. Briefe an B. Huebsch v. 16. 11. 1941 u. 16. 1. 1942), verzweifelt über seine schwere, sich intensivierende Depression, die schon Bermann Fischer konstatiert hatte (vgl. S. 84) und die Zweig an ernsthafter Arbeit hinderte, will er den wann auch immer gefassten Entschluss, zusammen mit seiner noch jungen Frau Lotte aus dem Leben zu scheiden, in die Tat umsetzen. Schon am nächsten Tag verfasste er einen ersten Abschiedsbrief an seinen brasilianischen Verleger Abrahão Koogan, traf an den folgenden Tagen ergänzende Verfügungen zu seinem schon bestehenden Testament und fixierte rechtlich verbindliche Erklärungen für die Druckrechte an seinen Werken. Inzwischen war seine Frau Lotte fieberhaft damit beschäftigt, insgesamt vier Abschriften, sog. Typoskripte, der *Schachnovelle* maschinenschriftlich anzufertigen. Ob ihr hierzu ein einziges, einheitliches Manuskript ihres Mannes vorgelegen hatte oder mehrere nahezu identische, lässt sich nicht mit Gewissheit entscheiden, ist doch ein Autograph der Erzählung nicht erhalten oder auffindbar.

Vier Typoskripte

Um ihre Erstveröffentlichung in den mittlerweile sich ausweitenden Wirren des Zweiten Weltkriegs sicherzustellen (Ende 1941 waren die USA in den Krieg eingetreten), begab sich das Ehepaar am 21. 2. 1942 zur Post in Petrópolis. Neben mehreren Briefen schickte Zweig je ein Typoskript an folgende drei Personen: eines an seinen deutschen Verleger Gottfried Bermann Fischer in New York, ein anderes an seinen Freund und Übersetzer in Buenos Aires, Alfredo Cahn, sowie ein drittes an Ben Huebsch in New York. Das vierte Typoskript hatte er möglicherweise bereits am 20. 2. 1942 Abrahão Koogan in einem verschlossenen

Umschlag zusammen mit anderen Dokumenten und der Bitte übergeben, »diese in seinem Safe aufzubewahren« (Schwamborn 1999, S. 354).

Die vom Autor vermeintlich klar getroffenen Dispositionen für die Veröffentlichung der *Schachnovelle* führten aufgrund verschiedener Desiderate jedoch zu bislang ungelösten Problemen, die von gravierender editionswissenschaftlicher Bedeutung sind. »Tatsächlich kann immer noch nicht mit Sicherheit gesagt werden, ob es sich [bei den vier Typoskripten] um Kopien *desselben* von Lotte [nahezu] fehlerfrei getippten Manuskriptes oder um mehrere, unterschiedliche Typoskripte handelt, die stilistisch oder gar inhaltlich voneinander abweichen.« (Schwamborn 1999, S. 265) Selbst ein akribisch vorgenommener Vergleich zwischen den beiden erhaltenen Typoskripten an Huebsch und Bermann Fischer ließ einige Fragen offen. Wenn nämlich Siegfried Schönle, ein Zweig-Verehrer, Sammler und Schachenthusiast, zu dem Ergebnis kommt, dass die beiden Typoskripte (text)identisch seien, bleibt immer noch die Frage unbeantwortet, ob die von Ingrid Schwamborn mitgeteilte Feststellung, dass das »an Bermann Fischer gesandte Typoskript [...] zahlreiche handschriftliche Verbesserungen oder Varianten« (Schwamborn 1999, S. 266) enthalte (vgl. S. 86), auch für das Typoskript an Ben Huebsch galt und ob diese handschriftlichen Verbesserungen (?) oder Korrekturen (?) überhaupt von Bermann Fischer oder Huebsch für den Druck berücksichtigt wurden. Sollte dies nicht der Fall sein, kann schwerlich von identischen Typoskripten gesprochen werden. Interessant wäre ferner eine Überprüfung, ob das Ernst Feder zugesandte Textkorpus (vgl. S. 85) an Zweig zurückgegeben worden ist, ob Anmerkungen oder Korrekturen auf Bitten des Autors vorgenommen und – wenn dies der Fall sein sollte – diese überhaupt und in welchem Umfang von ihm berücksichtigt wurden. Bislang ist jedoch über den Verbleib des sog. Feder-Manuskripts nichts bekannt. Darüber hinaus wäre ein eher technisches Problem zu lösen: Wenn nämlich im Zusammenhang mit den vier Typoskripten wenig präzise von »Kopien« gesprochen wird, erhebt sich die Frage, ob Lotte viermal den Text getippt oder technische Hilfsmittel wie Kohle- oder Durchschlagpapier benutzt hatte. Nur im letzten Fall handelte es sich dann im engen Sinne um identische Typoskripte.

Erhaltene Typoskripte

Als kleine Sensation darf schließlich gelten, dass mittlerweile ein drittes Typoskript neben denen an Huebsch und Bermann Fischer aufgetaucht ist. Wie Siegfried Schönle detailliert und kenntnisreich in zwei Aufsätzen (vgl. Schönle 2007, 2008) mitzuteilen und nachzuweisen vermag, befand sich im Schenkungskonvolut von Eva Alberman (* 1929), der Tochter Manfred und Hannah Altmanns, der Schwägerin von Lotte Zweig-Altmann, an die State University of New York, College at Fredonia, Daniel A. Reed-Library in den USA, in der das größte Stefan-Zweig-Archiv Nordamerikas untergebracht ist, ein Manuskript der *Schachnovelle* (vgl. Schönle 2008, S. 758). »Es ist ein Schreibmaschinenmanuskript von 62 Seiten, original, KEIN Durchschlag, mit handschriftlichen Korrekturen [...]«, wird ihm von der zuständigen Bibliothekarin mitgeteilt (ebd., S. 758 f.). »Zurzeit noch nicht wissenschaftlich überprüft ist, ob diese Typoskripte auf der gleichen Schreibmaschine getippt wurden und ob das Exemplar in Fredonia das Original, die anderen beiden Durchschläge von diesem sind. [...] Die Korrekturen in dem Fredonia-Exemplar sind in vier verschiedenen Handschriften« ausgeführt (Schönle 2007, S. 9). Über deren Zuordnung kann der Entdecker mit Gewissheit feststellen, dass eine mit Zweigs (v. a. auf den ersten Seiten), eine andere mit Lottes Handschrift übereinstimmt. Eine weitere ist dem Dichter, Herausgeber und Vertrauten Stefan Zweigs, Victor Wittkowski (1909–1960), eindeutig zuzuordnen; welche Rolle er bei der Korrektur dieses Typoskripts gespielt hat, ist immer noch nicht restlos aufgeklärt. Ferner seien Anmerkungen in spanischer Sprache zu erkennen, die möglicherweise aus der Feder des portugiesischen Übersetzers Odilon Gallotti (vgl. S. 92) stammten. Handschriftliche Korrekturen Ernst Feders ließen sich nicht (!) nachweisen (Schönle 2008, S. 759 f.).

Fredonia-Typoskript

Editionswissenschaftlich ist jedoch ein »handschriftlicher Vermerk mit Bleistift« auf dem Titelblatt von eminenter Bedeutung. Vermutlich in der Handschrift Lottes ist zu lesen: »endgültige Fassung, aber | noch nicht nachkorrigiert! | vergl. mit den andern Exemplaren« (Schönle 2007, S. 9). Damit wäre das Fredonia-Typoskript u. U. die verbindliche Fassung letzter Hand! Nunmehr besteht also die Möglichkeit, die drei vorhandenen Typoskripte miteinander und in Zuordnung zu den verschiedenen Erstausgaben philologisch exakt zu untersuchen und auf dieser Grundlage eine dringend gebotene historisch-kritische Ausgabe der Erzählung zu besorgen.

Solche nur scheinbar entbehrlichen philologischen Überlegungen und Forderungen der Nachwelt hielten die Publikation der *Schachnovelle* jedoch nicht auf. Auch wenn (bisher) nicht explizit nachgewiesen werden kann, dass Zweig in seinen rechtlich verbindlichen Druckverfügungen an Huebsch und Cahn die Ausgabe einer »édition de luxe« – die er sich gewünscht hatte (vgl. S. 82) – zur Bedingung gemacht hat, erschien tatsächlich am 7. 12. 1942 im Pigmalión-Verlag die Erstausgabe der *Schachnovelle* in deutscher Sprache. Nach Feststellungen von Rainer-Joachim Siegel (1999) wurden 250 mit arabischen Ziffern nummerierte und kartonierte Exemplare sowie 50 mit römischen Ziffern (I-L) versehene und in Leinen gebundene Exemplare veröffentlicht, ohne jedoch für die Leinenausgabe ein Referenzexemplar zu nennen. Daneben ist indes eine weitere »Erstausgabe« mit einer Auflage von 50 Exemplaren nachweisbar, die mit der im Pigmalión-Verlag erschienenen in wichtigen Eigenschaften übereinstimmt, aber auch von ihr abweicht. Während die kartonierte Ausgabe die Verlagsbezeichnung »Verlag Pigmalión BS.Aires« aufweist, trägt die andere die Bezeichnung »Verlag Janos Peter Kramer, Buenos Aires«. Bei der Kramer-Ausgabe »fehlt auf Seite (6) der Vermerk ›Copyright by VERLAG PIGMALION 1942‹« (Siegel 1999, S. 215). Übereinstimmung herrscht jedoch in drei wesentlichen Eigenschaften: Zum einen weisen beide auf dem Titelblatt dasselbe Erscheinungsjahr 1942 in römischen Ziffern (MCMXLII) aus, zum anderen tragen sie auf Seite (99) den identischen Vermerk »Gedruckt und fertiggestellt in den Werkstätten der Compañia Fabril Financiera, Iriarte 2035, Buenos Aires, am 7. Dezember 1942.«, und drittens wird auf Seite (8) folgende Mitteilung gedruckt, von der nicht bekannt ist, wer sie in Auftrag gegeben hat:

Deutsche Erstausgabe im Pigmalión-Verlag

Weitere »Erstausgabe« im Verlag Janos Peter Kramer

> »Das Original dieses Buches wurde vom Verfasser wenige Stunden vor dessen Tod seinem Freund und Uebersetzer Alfredo Cahn zugeschickt und erscheint als Liebhaberdruck in einer nummerierten Auflage. Fünfzig Exemplare in Leinen

gebunden tragen die Nummern I bis L, zweihundert fünfzig Exemplare auf Offset C Papier gedruckt tragen die Nummern 1 bis 250.« (Ebd.)

Mit dieser ausdrücklich bestätigten Auflagenhöhe, Auflagenart und Ausstattung der *Schachnovelle* wird gleichsam indirekt der Nachweis geführt, dass Zweig tatsächlich unmittelbar vor seinem Freitod Cahn eines der vier Typoskripte zugeschickt hat (vgl. S. 87). Weitere belastbare Schlussfolgerungen lassen sich anhand der erhaltenen Exemplare aber nicht ziehen. Da nämlich wenigstens je ein Exemplar der kartonierten Pigmalión-Ausgabe (Nr. 073) und der Kramer-Ausgabe in Leinen (Nr. X), nicht aber eine Leinenausgabe des Pigmalión-Verlags (!) auffindbar ist, könnte die Ankündigung ebendieser auf 50 Exemplare beschränkten Ausgabe eine Chimäre sein. Und dies um so mehr, als die beiden oben genannten Exemplare durch »Druckmängel mit großer Sicherheit [zeigen], dass [sie] vom gleichen Satz gedruckt« (ebd.) wurden und darum beide mit hoher Wahrscheinlichkeit aus dem Pigmalión-Verlag stammen. Vielleicht handelt es sich bei Kramer, dessen Lebensdaten nicht zu ermitteln sind, um einen ungarischen Bohémien, der mit dem Verlag kooperierte, um unter seinem Namen Luxuseditionen zu vertreiben. Bekannt ist nämlich eine Reihe anderer Ausgaben aus dem Verlag Janos Peter Kramer: eine französische Übersetzung der Zweig-Novelle *Der Amokläufer* mit dem Titel *Amok, ou, Le fou de Malaise*, Buenos Aires 1944, Rilkes *Briefe an einen jungen Dichter*, Buenos Aires 1945, ebenfalls in französischer Übersetzung, sowie Ausgaben von Gedichten François Villons und Kunstbücher in Zusammenarbeit mit anderen Verlagen wie dem Phaidon-Verlag in Wien. Das bedeutete, dass eine Leinenausgabe mit dem Eindruck »Verlag Pigmalión« zwar beabsichtigt war – wie auch häufiger kolportiert (ebd., S. 216) –, aber gar nicht hergestellt worden ist. Das fehlende Copyright im Kramer-Exemplar kann hierfür als weiteres Indiz angeführt werden. Insofern handelt es sich bei den Kramer-Exemplaren mit hoher Wahrscheinlichkeit nicht – wie des Öfteren behauptet worden ist – um einen Raubdruck.

Ein gewichtiges Indiz – kein Beweis – für diese Vermutung findet sich im Zweig-Nachlass des Fredonia-Colleges. In einem bislang unveröffentlichten, von Siegfried Schönle dem Vf. in Kopie zur Verfügung gestellten Brief vom 18.8.1943 schreibt Alfredo Cahn an Manfred Altmann, dem Bruder Lotte Zweigs und zugleich ihr Nachlassverwalter, höchst aufschlussreich:

»Betr. ›Schachnovelle‹ berichtete ich Ihnen in meinem ersten Brief an Sie, dass mir Dr. Zweig diese am Vorabend seines Todes noch geschickt und geschenkt hat. Da er mir im Begleitbrief ausdrücklich freie Hand liess, darüber bei Zeitungen und Verlegern zu verfügen, liess ich eine ganz geringe Auflage in Deutsch (250 Exemplare) erscheinen, denn ich dachte, das Werk ginge nicht auch noch durch andere Hände an einen deutschen Verleger.«

Entsprechen diese Aussagen der Wahrheit – woran ernsthaft nicht gezweifelt werden kann –, dann gibt es *keine* mit römischen Ziffern nummerierte und in Leinen gebundene Ausgabe der *Schachnovelle*, die von Cahn in Auftrag gegeben worden wäre, sondern nur den »Paralleldruck« Janos Peter Kramers. Ferner ist seinen Ausführungen zu entnehmen, dass er über die geplante Ausgabe Bermann Fischers erst von Altmann informiert (Brief v. 19.4.1943) und nicht von Zweig unterrichtet worden ist.

Weil Gottfried Bermann Fischer wegen der Rassengesetze im Dritten Reich ins Exil gehen musste und seinen Verlag von Berlin u.a. bereits 1938 nach Schweden ausgelagert hatte, erschien die *Schachnovelle* als europäische Erstausgabe erst im Frühjahr 1943 in Stockholm. Die von Ben Huebsch besorgte Übersetzung ins Englische veröffentlichte sein Verlag Viking Press 1944 in New York unter dem Titel *The Royal Game* zusammen mit zwei anderen Werken Zweigs, *Der Amokläufer* und *Brief einer Unbekannten*.

Europäische Erstausgabe

Noch vor der Erstausgabe im Pigmalión-Verlag in deutscher Sprache brachte Abrahão Koogan allerdings die Erzählung in portugiesischer Übersetzung durch Elias Davidovich und Odilon Gallotti unter dem Titel *A partida de xadrez* im September 1942 in Rio de Janeiro als Beitrag in der »Editora Guanabara« heraus (Berlin 1999, S. 246, Anm. 2), ebenfalls zusammen mit zwei anderen Erzählungen (*Die spät bezahlte Schuld* und *War er es?*). Auch diese Publikation bestätigt die Vermutung, dass

Erstausgabe in portugiesischer Übersetzung

Zweig seinem brasilianischen Verleger Koogan eines der vier Typoskripte eventuell mit seinem Konvolut in dessen Büro übergeben hat (vgl. S. 87 f.).

So geheimnisumwittert die Umstände der Entstehung und der Erstpublikationen – hiervon muss wohl rechtens im Plural gesprochen werden – gewesen sind, so mysteriös mutet auch die unmittelbare Reaktion auf den Freitod Zweigs am 23.2.1942 an. Kein Geringerer als sein Dichter-Kollege Thomas Mann (1875–1955), der ihn persönlich kannte und der ebenfalls während des Zweiten Weltkriegs ins – allerdings kalifornische – Exil gehen musste, äußerte herbe Kritik und völliges Unverständnis über Zweigs Tat. Bereits am 2.3.1942 vertraute er missmutig seinem Tagebuch an: »Der ›Aufbau‹, Stimmen zum Tode Zweigs, den ich albern, schwächlich und schimpflich finde. ›Unsere Welt geht dahin‹. Ich erkenne nicht, daß, was dahin geht, meine Welt war.« (Mann 1982, S. 400) Aus der zeitlichen Distanz von zehn Jahren revidierte er jedoch sein harsches Urteil:

Reaktion Thomas Manns auf Zweigs Freitod

> »Ich gestehe, daß ich damals mit dem Verewigten gehadert habe wegen seiner Tat, in der ich etwas wie eine Desertion von dem uns allen gemeinsamen Emigrantenschicksal und einen Triumph für die Beherrscher Deutschlands sah [...]. Seitdem habe ich anders und verstehender über seinen Abschied zu denken gelernt, und keinen Augenblick mehr vermag dieser Hingang der Ehrerbietung Abbruch zu tun, die ich für sein Leben, seine die ganze Welt beschäftigende Leistung immer gehegt habe.« (Mann 1974, S. 524)

Diese neue Bewertung des Lebens Zweigs, dessen Schriften er schon zu Lebzeiten nicht besonders geschätzt (vgl. Mann 1982, S. 642), sie als »subaltern« und »fade« bewertet hat und ihnen die »Palme der Minderwertigkeit« zusprach (Mann 1980, S. 413), ist wohl nicht zuletzt der Tatsache geschuldet, dass Mann die international äußerst intensive und positive Rezeption von dessen Werken, ja deren »Weltruhm«, wie er selbst eingesteht, nicht ignorieren konnte, auch wenn er die *Schachnovelle* mit keinem Wort erwähnt.

Zweig selbst allerdings war hinsichtlich der Verbreitung und literarischen Würdigung seiner letzten Erzählung wenig hoffnungsvoll gestimmt (vgl. S. 82). Des Autors kapitale Fehlein-

Zweigs Fehleinschätzung

schätzung ist wohl u. a. darauf zurückzuführen, dass er meinte, der Leser werde lediglich die ›histoire‹, die ›story‹, d. h. die mit dem Schachspiel zusammenhängenden Probleme einer Strategie des Schachspielens und der Schachspieler rezipieren, die er für elitär und »abseitig« hielt, nicht jedoch die (Hinter-)Gründe für den – wie er in seinem undatierten Brief an Ben Huebsch (vgl. S. 83 f.) formuliert – »ins Dramatische gesteigerten Verlauf« der letzten Schachpartie zwischen dem Weltmeister Czentovic und Dr. B. Ob allerdings der überwältigende (Verkaufs-)Erfolg der Erzählung darin begründet liegt, dass sie »ein Meisterwerk in Aufbau, Stil und Inhalt, eine mustergültige Novelle, wie Kleist ›mit verbissenen Zähnen‹ dem verhängnisvollen Schicksal abgepreßt« sei (Schwamborn 1984, S. 412), darf bezweifelt werden (vgl. Deutungsaspekte, S. 102 f.).

Bestsellererfolg

Unzweifelhaft dagegen ist der Erfolg der *Schachnovelle* im deutschsprachigen Raum v. a. seit der revidierten Taschenbuchausgabe aus dem Jahr 1974 im S. Fischer Verlag. Waren im April 1983 schon 350 000 Exemplare abgesetzt, so betrugen die Verkaufszahlen für Juni 1984 bereits 490 000 und fünf Jahre später fast unglaubliche 830 000 Exemplare, bevor im Januar 1992 die Millionengrenze und im Juni 2007 die Zweimillionengrenze überschritten wurden. Bis heute summieren sie sich auf über

Übersetzungen u. Verfilmung

2,2 Millionen. Für den Zeitraum bis 1999 wurden Übersetzungen in über 40 Sprachen ermittelt (Neubauer 2006, S. 69); und auch die Verfilmung von 1960 mit Curd Jürgens (1915–1982) in der Hauptrolle, selbst wenn sie von der Filmkritik heftig attackiert wurde, dokumentiert eindrucksvoll den Aufstieg der Erzählung zu einem Bestseller.

Näherliegend für eine Erklärung dieser Diskrepanz ist ein Blick auf andere erfolgreiche Werke Zweigs wie *Joseph Fouché* (Gesamtauflage bis 2008: 850 000 Exemplare). Während hier Textintention und Autorintention nahezu deckungsgleich sind, klaffen hinsichtlich der *Schachnovelle* beide Wirkungsabsichten offenkundig auseinander. In seinem Vorwort zur *Fouché*-Biographie bekennt er offen sein Anliegen, »aus rein seelenwissenschaftlicher Freude [...] die Geschichte Joseph Fouchés zu schreiben als einen Beitrag zu einer noch ausständigen und sehr notwendigen Biologie des Diplomaten, dieser noch nicht ganz erforschten, allergefährlichsten geistigen Rasse unserer Lebenswelt« (Zweig 1981, S. 12). Einen solchen »Beitrag zur Typologie des politischen Menschen« (ebd., S. 13) hielt er gerade vor dem historischen Hintergrund der zerbrechenden Weimarer Republik und der bevorstehenden Machtergreifung für unverzichtbar.

Anders die *Schachnovelle*. Das ungünstige Format – für einen Roman zu kurz und für eine Kurzgeschichte zu lang – sowie das vermeintliche Schachthema und die angestrebte Luxusausgabe für Bibliophile (vgl. S. 82) ließen einen Welterfolg nicht erahnen. Offenkundig fiel das tatsächliche Leserverhalten völlig konträr zu dem erwarteten aus, d. h., die Autorintention stand quer zur Rezeption der Leser, die eine vom Verfasser anders intendierte Textintention meinten erkennen zu können. Diese sahen sie wohl eher im psychologisch spannend dargestellten Verlauf der Krisis Dr. B.s während der Schachpartie mit Czentovic, in den extrem gegensätzlich gezeichneten Eigenschaften der beiden Protagonisten sowie der exotisch zu nennenden Situation auf dem Passagierschiff. Sicher ist ein, wenn auch nur kleiner Kreis vom Schachspiel Enthusiasmierter zu den Lesern des Textes zu zählen. Aber ohne begleitende Marketingmaßnahmen seitens des Verlags, die in den 1950er Jahren unüblich waren, muss die für die *Schachnovelle* sich interessierende ›Klientel‹ wohl über Erfahrungen mit anderen Zweig-Werken und deren Machart, den strukturbildenden Prinzipien, gemacht haben oder Zweigs eingängigen Stil, seine elegante und keineswegs bewusst literarisch überhöhte Sprache goutiert haben, so dass eine strenge Unterscheidung zwischen Unterhaltungsliteratur und sog. klassischer Literatur hinsichtlich dieser Erzählung sinnvoll nicht getroffen werden kann.

Erfolg im Ausland

Auch im Ausland erfuhren die *Schachnovelle* und andere Erzählungen Zweigs große Beachtung. Insbesondere in Frankreich kam es zu intensiven Rezeptionen. Unter dem Titel Le *joueur d'échecs* war Zweigs letzte Novelle unmittelbar nach Kriegsende gleich in mehreren Ausgaben greifbar. Und zum 70. Todestag des Dichters 2012 erlebten viele seiner Werke geradezu eine begeisterte Renaissance. Mehr als ein halbes Dutzend Verlage brachte dessen Titel in französischer Übersetzung heraus. Bei

Garnier-Flammarion erschien die *Schachnovelle* zusammen mit *Vierundzwanzig Stunden im Leben einer Frau* und anderen Erzählungen in Neuübersetzung, bei Grasset – um nur die wichtigsten Verlage zu nennen – wurde genauso eine Textausgabe der Novelle geplant wie in der Billigreihe »Petit Prix« zu weniger als drei Euro. Und die ›höheren Weihen‹ erfuhr das Werk mit der Aufnahme in die Klassikerbibliothek »Pléïade« bei Gallimard. Die Begeisterung, ja »Faszination der französischen Leser für Stefan Zweig« erklärte die mehrfach preisgekrönte Schriftstellerin Dominique Bona (*1953) »mit seiner einmaligen Beschreibung der ›Gefühle und Emotionen‹«, so Jürg Altwegg in der *Frankfurter Allgemeinen Zeitung* vom 10.1.2013, und man darf ergänzen: auch für die meisterliche psychologisierende Darstellung des »joueur« Dr. B.
[Nach Abschluss des Manuskripts Ende Januar 2013 erschienen bei Reclam und dtv (vgl. Literaturhinweise) zwei kommentierte Neueditionen der *Schachnovelle*. Die dort vorgetragenen Forschungsergebnisse können hier leider nicht mehr kritisch gewürdigt werden.]

# Deutungsaspekte

Die bis heute kaum erklärbare Diskrepanz zwischen dem Verkaufserfolg der *Schachnovelle* und ihrer literarischen wie literaturgeschichtlichen Bedeutung, zwischen der kaum zu ignorierenden Lesergunst und der Abstinenz vieler Literaturwissenschaftler, sich mit diesem Werk analytisch-kritisch auseinanderzusetzen (vgl. Kap. Entstehungsgeschichte, S. 82), durchzieht wie ein roter Faden ihre Interpretationsgeschichte. Nicht nur mangelt es an methodengeleiteter Analyse, an eindeutigen Befunden und konsistenter Deskriptionssprache, sondern auch an einem unverstellten, ideologiefreien Zugriff auf den Text. Mehr noch: Es drängt sich der Verdacht auf, dass die zu verschiedenen Zeiten vorgelegten Interpretationsergebnisse – wie anders? – von den gewählten Methoden, diese aber auch wiederum vom sog. Zeitgeist oder von literarwissenschaftlichen Moden oder Strömungen abhängig sind. Weil textexterne Bezüge und Hintergründe – wie etwa der sog. Anschluss Österreichs an Hitler-Deutschland und seine kulturellen Folgen als historisch-gesellschaftliche Folie des Geschehens oder die in der fiktiven Handlung von der Wiener Gestapo verhängte Isolationshaft gegen Dr. B. – zur leitenden Interpretationsidee, zum zentralen Deutungszugriff avancieren (vgl. Bauer 1961, Veselý 1969, Kluge 1971), können spezifische künstlerische Verfahren des Textes und ihre Funktionen nicht oder nur rudimentär in den Blick genommen werden. Diese Defizite zeigen sich auch noch in der Arbeit von Guo-Qiang Ren (1996), intendiert er doch nicht primär eine rezeptionsgeschichtliche Aufarbeitung von Zweigs Novellen, sondern fordert vielmehr eine fundamentale Revision der literarischen Wertung dieser Werke durch die Literaturwissenschaft. Allerdings verfügt er nicht über ein adäquates methodisches Instrumentarium, über spezifische Kategorien, um dieses Ziel zu erreichen. Überdies stellt Ren nicht den Text, sondern die von ihm inkriminierten Wertungen über diesen in den Mittelpunkt seiner Arbeit (vgl. S. 102). So ist erklärbar, warum die wenigen Deutungsversuche methodisch und hinsichtlich der Ergebnisse nahezu unvereinbar miteinander sind.

Ren 1996

Von diesem Befund für die beiden divergierenden Tendenzen zeugen zwei repräsentativ zu nennende Arbeiten: der 1973 veröffentlichte Aufsatz der beiden Amerikaner Daviau und Dunkle und die einem ähnlichen Zugriff verpflichtete, zwei Jahrzehnte später publizierte Arbeit des Dänen Sørensen (1996). Beiden Untersuchungen gemeinsam ist eine jeweils kompakte Würdigung der bislang erschienenen Forschungsliteratur, von deren Ergebnissen sie sich stark absetzen, analysieren sie doch wohltuend auch die künstlerische Gestaltung der *Schachnovelle*, ihre kompositorische Fügung, das Personal, das zeitlich-räumliche Koordinatensystem sowie den Konfliktaufbau, seine Entwicklung und finale Zuspitzung.

Daviau/Dunkle 1973

Donald Daviau und Harvey Dunkle rücken die oben genannte, merkwürdige spezifische Situation, in der sich Zweigs Werk befindet, ins Zentrum ihrer Überlegungen. Sie zeigen sich überrascht über die dürftige Forschungslage und bemängeln, dass bislang keine eingehende Studie vorliegt, die den Anspruch auf literarische Qualität untermauern könne (Daviau/Dunkle 1973, S. 370). In Abgrenzung gegenüber der von Petar Vajda (1968) vorgetragenen These, dass Zweig mit der *Schachnovelle* sich angeblich von einer historischen Betrachtungsweise geschichtlicher Probleme zu einer literarischen Gestaltung zeitgenössischer Konflikte weiterentwickelt habe, machen sie geltend, dass die Erzählung singulär sei, eine Ausnahme darstelle, wie die in Angriff genommene Arbeit über Montaigne und die angestrebte Fortführung der Balzac-Biographie bewiesen (vgl. Kap. Entstehungsgeschichte, S. 86), insofern sie den von Zweig bislang eingeschlagenen künstlerisch-literarischen Weg mit dem Ziel der psychologisierenden Biographie fortsetzten. Sujet und künstlerische Fügung machten darüber hinaus deutlich, dass die Erzählung als psychologische Novelle, Zweigs favorisiertes Genre, gelten könne, die eine Charakterstudie zum Gegenstand habe. Es sei die Absicht Zweigs gewesen, ein psychologisches Experiment literarisch zu schildern, um die unterschiedlichen Reaktionen zweier Menschen mit identischem historischen Hintergrund auf Stresssituationen zu testen. Derart Autor- mit Textintention vermischend, muss Zweigs starkes Interesse an der Psychologie als gemeinsame Begründung herhalten.

Psychologische Novelle

Auch die Interpretationen Bauers (1961) und Veselýs (1969) weisen sie entschieden zurück, fassen jene doch die Erzählung – wie sie terminologisch unscharf formulieren – symbolisch auf. Gegen Bauer (1961, S. 88) führen sie an, dass sie keinen Beweis für seine Behauptung gefunden hätten, dass Zweig mit der *Schachnovelle* den »Triumph des Geistes über den Terror« habe darstellen wollen (Daviau/Dunkle 1973, S. 383, Anm. 17). Und auch mit der von Veselý ohne konkreten Nachweis aufgestellten Generalthese, Zweig intendiere mit der Erzählung ein Fanal gegen die faschistische Barbarei (ebd., S. 383, Anm. 11), stimmen sie genauso wenig überein wie mit der öfter geäußerten Ansicht, Thema der Erzählung sei der Konflikt zwischen politischer Tyrannei in Form staatlicher Gewalt und Humanität. Czentovic könne nämlich nicht als Inkarnation des faschistisch Bösen – er gehöre weder der Gestapo noch der Partei Hitlers an – und Dr. B. nicht als Sieger bezeichnet werden. Das Ende der Erzählung läse sich sonst wie ein pessimistischer Kommentar zu Wort und Tat eines Humanismus, der genau dann versage, wenn er in der Konfrontation mit den Mächtigen eigentlich obsiegen müsste (ebd., S. 377 f.). Daviau und Dunkle schließen darüber hinaus die Möglichkeit aus, dass die *Schachnovelle* eine neue künstlerische Gestaltung im literarischen Schaffen Zweigs repräsentiere und dessen tiefe Depression, die zu seinem Freitod geführt habe, spiegele (ebd., S. 379).

Bauer 1961

Veselý 1969

Für die beiden Interpreten dienen alle Hintergrundinformationen über die drei Hauptpersonen Dr. B., Czentovic und McConnor, die dem Leser in unterschiedlich langen Rückblenden (S. 35,7–63,3; 9,22–16,25) oder Begebenheiten (S. 20,29 ff.) nachgeliefert werden, dem Ziel, die Dramatik des finalen Schachspiels zwischen dem Weltmeister und seinem psychisch schwer angeschlagenen Gegner langsam, aber berechnend in Szene zu setzen. Schwer vorstellbar ist es in diesem Zusammenhang aber, dass, wie sie behaupten, Zufall (›chance‹) der beherrschende Motivationsgrund für das Geschehen sei. Zufall habe die Personen zusammengeführt, Zufall sei verantwortlich für Czentovics Schachüberlegenheit, und Zufall begründe das Auftreten Dr. B.s genau in dem Moment, in der die Passagiergruppe um McConnor, der Czentovic herausgefordert hat, dessen hilf-

Zufall?

reichen Rat braucht. Wenn dann noch der Begriff ›Zufall‹ durch Wahrscheinlichkeit (›probability‹) definiert sowie von dem des Kunstgriffs (›contrivance‹) abgegrenzt und schließlich mit Schicksal (›fate‹) erläutert, synonymisiert wird (vgl. ebd., S. 380), ist das erforderliche System konsistenter Begrifflichkeit durchbrochen. Eben weil – wie im Showdown des Westerns – die Finallastigkeit des Geschehens bewusst konzipiert, die Zusammenführung der Personen an einem eng umgrenzten Ort (Schiff) ein kompositorischer Topos ist und der zentrale Konflikt eine zwingende Konsequenz aus den sorgfältig vorbereiteten distinktiven Merkmalen der beiden Schachspieler darstellt, bleibt rein gar nichts dem Zufall überlassen. Und nicht zuletzt sei darauf hingewiesen, dass gerade die Systematik des Schachspiels und die Strategie des Schachspielers, die auch Gegenstand, nicht aber Thema dieses Werkes sind, jeden, aber auch wirklich jeden Zufall ausschließen.

Dieser Einwand gegen die Motivation der erzählten Handlung als einer Häufung von Zufällen ändert nichts an der zutreffenden Beobachtung, dass über Dr. B.s Leben und Schicksal nach seinem Zusammenbruch nichts gesagt werde. Darum scheine es evident, die Geschichte v. a. als eine psychologische Studie über die Folgen einer Gehirnwäsche zu lesen, wobei der Akzent auf dem letzten Schachspiel läge, während dem sich die seelischen Nachwirkungen der an Dr. B. verübten Folter offenbarten. Die Niederlage seines Protagonisten im Schachspiel ließe indes keinerlei Rückschlüsse auf Zweigs Pessimismus oder gar dessen Selbstmord zu (ebd., S. 382). Auch dieser These sollte vehement widersprochen werden.

Sørensen 1996

Die Disposition des 1996 erschienenen Beitrags Bengt Algot Sørensens zur Deutung des Werkes ähnelt der des gerade gewürdigten Aufsatzes stark. Allerdings überzeugt seine Argumentation auf terminologischer Ebene – anders als bei Daviau/Dunkle – durch den Gebrauch einer konzisen Begrifflichkeit und einer präzisen Benennung der unterschiedlichen Methoden. Auch dieser Interpret distanziert sich begründet in einem kleinen Forschungsbericht (Sørensen 1996, S. 259–263) von Deutungszugriffen, die »hinter der psychologischen Spannungskunst Stefan Zweigs tiefere Schichten, einen symbolischen Subtext, zu ergründen« versuchen (ebd., S. 260). Insbesondere die in den 1960er und 1970er Jahren verfasste Literatur habe einseitig und unbegründet, d. h. ohne phänomenalen Textbefund, auf eine politisch-ideologische Deutung gesetzt, die man heute durchaus als literaturmethodischen Mainstream für die damalige Zeit bezeichnen kann. Johannes Klein, der schon zitierte Jiri Veselý und der Amerikaner Joseph Strelka sähen in Czentovic eine Verkörperung des Barbarischen, einen »Miniatur-Hitler« (Strelka 1981, S. 141), und – wie Manfred Kluge 1971 in *Kindlers Literatur-Lexikon* schreibt – in der *Schachnovelle* eine »politische Anklage« gegen »faschistische Gewaltpraxis«. Die Novelle »prangert auf dem Hintergrund des Zweiten Weltkrieges die Brutalität der faschistischen Regime an und entlarvt im Geist bürgerlicher Humanität die nationalsozialistischen Terrormethoden« (ebd., Sp. 879). Und um den damals herrschenden Trend der politisch-gesellschaftlichen Deutung auch durch ›formale‹ Erkenntnis zu sekundieren, fügt Kluge – auf Klein rekurrierend – gleich hinzu: »Formal erfüllt Zweig exemplarisch Goethes klassische Novellentheorie [?], deren Grunderfordernis – die künstlerische Gestaltung einer ›unerhörten Begebenheit‹ – sich in der Konfrontation zweier genialer Schachspieler [...] ereignet.« (Ebd.)

Politisch-ideologische Interpretation

Damit wird sowohl bei Daviau/Dunkle als auch bei Sørensen ein gravierender Paradigmenwechsel in der literaturwissenschaftlichen Auseinandersetzung mit Zweigs Novelle erkennbar. Der Primat politischer Deutung wird zugunsten einer Forcierung psychologischer Betrachtungen weitgehend aufgegeben, genauer: Die künstlerische Gestaltung und literarische Manifestation psychischer Vorgänge sowie ihre Vermittlung für den Leser rücken in den Fokus der Interpreten. Für Sørensen ist gerade der Begriff der Spannung für das Zweig'sche Erzählen von zentraler Bedeutung. Die »Symbiose von psychologischer Analyse und einem mitreißenden, ständig sich steigernden Erzähltempo« (Sørensen 1996, S. 257) trete ins Zentrum seines Erzählens, bedeute gar das Geheimnis für Zweigs Erfolg nicht nur der *Schachnovelle*, sondern auch vieler anderer seiner Werke. Die detaillierte Schilderung monomanischer Personen, ihrer Leidenschaften und pathologischen Übersteigerung beherrsche die Darstellung

Paradigmenwechsel

des Schachspiels, konkreter: beider Schachspieler bis zum Kollaps. »Die Spiele der *Schachnovelle* werden als Serien von emotional geladenen Momenten dargestellt, deren dramatische Effekte sich ständig steigern.« (Ebd., S. 258) Als Rückfall in alte Interpretationsmuster muss hingegen die Ansicht bezeichnet werden, wonach literarhistorisch gesehen »die *Schachnovelle* zu den wenigen Werken im Dritten Reich [gehört], die frühzeitig den nationalsozialistischen Terror zum Thema machten und die das gesetzte Ziel, die faschistische Barbarei zu enthüllen, künstlerisch meisterhaft erreichte« (Ren 1996, S. 122).

\ Schwamborns autobiographische Deutungen

Allen Einwänden und Warnungen zum Trotz wagt Ingrid Schwamborn in zwei Arbeiten (1984, 1999) eine im weitesten Sinne autobiographische Interpretation der *Schachnovelle*, die sie nicht einfach durch Parallelisierungen zwischen Ereignissen im Leben Stefan Zweigs und dargestellten Begebenheiten im literarischen Text in Angriff nimmt, sondern indem sie den zentralen Gegenstand der Erzählung, das Schachspiel, »symbolisch« versteht. Anknüpfend an die Ergebnisse von Daviau/Dunkle und sich zugleich von ihnen distanzierend, dehnt Schwamborn die symbolische Deutung zum einen auf das Schachbrett, wie von Zweig selbst formuliert (vgl. den undatierten Brief an Ben Huebsch, S. 85), zum anderen auf den engen Zusammenhang zwischen dem isolierten Leben des Dichters in Petrópolis und der literarischen verfremdeten Gestaltung der Isolationshaft Dr. B.s in der *Schachnovelle* aus. Die beiden Amerikaner hätten nämlich übersehen, »daß das Schachbrett als Symbol für den exakt umgrenzten Raum genommen« und somit auch »zum Symbol für den begrenzten Raum und Boden des Hotelzimmers geworden [sei], in das Dr. B. zur Sonderbehandlung von der Gestapo eingesperrt wurde, zum Symbol für gekreuzte Gitterstäbe, für Gefängnis« (Schwamborn 1984, S. 413). Ob Zweig zu diesem künstlerischen Verfahren durch die Mehrfachbedeutung des portugiesischen Begriffs für »Schach« angeregt worden sei, lässt Schwamborn offen. »Xadrez« heiße nämlich hier nicht nur »Schach«, sondern auch »kariert« und »Gefängnis« (ebd.). Und das Hotel in Wien, in das die Gestapo Dr. B. zur Isolationshaft einlieferte, sei nichts anderes als »das schöne ›Curörtchen‹ Petrópolis, das zum Gefängnis, zur Sackgasse, zum Ort ohne Wiederkehr« für Zweig wurde (ebd., S. 414).

Über solch topographische Parallelisierung hinaus sieht die Interpretin weitere Entsprechungen zwischen der spezifischen Lebenssituation Zweigs in Petrópolis und den geschilderten Ereignissen in seinem letzten Werk. Wenn Daviau/Dunkle generell von Zweigs Interesse an Psychologie sprächen, dann ignorierten sie dabei die »Korrespondenz Zweigs in seinen letzten Jahren und Monaten [...] und daher die auffälligen Parallelen zwischen ›life and work‹, die sie eigentlich zeigen wollen« (ebd., S. 417). Darum sei Dr. B. auch nicht ein »unpersönliches Studienobjekt« Zweigs, sondern eine »Fallstudie«, in der der Autor die Gefahren seines »künstlerischen Schaffens« (ebd., S. 418) literarisch gestalte – bis zum Höhepunkt der Entwicklung, die für Dr. B. in der Bewusstseinsspaltung zu sehen sei, als er vor seinem geistigen Auge gegen sich selbst spielt. Mit diesem pathologisch zu nennenden Zustand sei die »Selbstzerteilung«, die Schizophrenie oder, wie der Gefolterte es selbst nennt, die »Schachvergiftung« eingetreten.

So wie der Punkt höchster Gefährdung für den kranken Rechtsanwalt lebensbedrohlich werde, so leide Zweig im »Kerker der Einsamkeit« unter tiefem Pessimismus und Depressionen (vgl. Kap. Entstehungsgeschichte, S. 84). Was er 1925 in seinem Essay über Friedrich Nietzsche geschrieben habe, gelte nun für ihn selbst: Dessen »siebente Einsamkeit« habe er in den letzten Monaten selbst erfahren und »sie wie Nietzsche zu seiner ›Sache‹, zur psycho- und physiologischen Selbstanalyse, zum Thema der *Schachnovelle* gemacht« (ebd., S. 423). Wenn Zweigs gerade erschienene Autobiographie *Die Welt von Gestern* in nostalgischer Wehmut den »kollektiven Untergang« einer ganzen Generation schildere, dann werde diese schreckliche Entwicklung »durch die *Schachnovelle* ergänzt: sie enthält in versteckter Form Zweigs intimste Selbstdarstellung« (ebd., S. 424). Und so unterbreitet Schwamborn den Vorschlag einer Titeländerung für diese Erzählung. Statt *Schachnovelle* hieße das Werk besser »*Isolationsnovelle*« (ebd., S. 425), um so ihr Thema präziser zu erfassen und für den Leser eingängiger nachvollziehbar zu machen.

*»Isolationsnovelle«*

Ein gerüttelt Maß an Plausibilität ist einer so gearteten autobiographischen Interpretation nicht abzusprechen. Gleichwohl bleibt ein deutliches Unbehagen, weil Schwamborn – so will es scheinen – ihren Deutungsansatz nicht konsequent weiterentwickelt, nicht auf den gesamten Novellentext erstreckt und stattdessen frühere Werke des Autors zur Argumentationsstützung heranzieht. Wenn nämlich einerseits das Schachspiel, besser: das Schachspielen ein Symbol für das künstlerische Schaffen sein soll, das eng umgrenzte Schachbrett fast unendlich viele Züge ermöglicht wie Gegenstände des literarischen Schreibens, andererseits das Isolationszimmer im Hotel »Metropole« in Wien dem Arbeitszimmer im abgelegenen Petrópolis entspricht und die bei Dr. B. ausbrechende monomanische Besessenheit zu einer »Schachvergiftung«, einer »Schachschizophrenie« führt, die sich – im übertragenen Sinne – bei Zweig zu einer zunehmenden Vereinsamung und tiefen Depression ausweitet, dann ist nicht zu übersehen, dass die Interpretin in ihrem parabolischen, nicht symbolischen Zugriff den Handlungshöhepunkt der Erzählung ausblendet und sich nur auf das von Dr. B. erzählte Geschehen während seiner Haftzeit konzentriert. Die für ihn in einer Katastrophe endende zweite Partie gegen den Schachweltmeister, auf die hin die Erzählung konzipiert ist, scheint offenkundig nicht in ihren Interpretationsansatz integrierbar.

Dabei ließen sich die Folgen der wieder ausbrechenden »Schachschizophrenie« bei Dr. B. leicht auf Zweigs komplizierten Schaffensprozess während der Entstehung der *Schachnovelle* übertragen. Resultierte aus dem erstmalig auftretenden Krankheitsbild die Freilassung des inhaftierten Rechtsanwaltes – seine Verwirrung machte seine Aussagen für die Gestapo wertlos –, so bezahlt er im Wiederholungsfall auf dem Schiff mit einem vollständigen Kollaps und gesundheitlicher Zerrüttung – Zweig jedoch mit seinem Leben durch den gemeinsamen Freitod mit seiner Frau Lotte. Dies bedeutet, wenn der parabolische Zugriff auf die Erzählung konsequent zu Ende gebracht wird, dass sich Gründe und Folgen der finalen Katastrophe für Dr. B. und Zweig aus denselben Quellen speisen müssten. Dies scheint in der Tat der Fall. Beide werden durch die gleichen radikalen politischen Veränderungen ihrer geistigen Wurzeln, ihres kulturellen Umfeldes beraubt (Dr. B. verlässt

Österreich, Zweig emigriert zuerst nach Großbritannien, dann nach Brasilien), beide leiden pathologisch unter den Auswirkungen dieser Entwicklung (dort »Schachvergiftung«, hier Konfrontation mit der Entfremdung von der alten Welt und zunehmende Isolation), und für beide ist das Ergebnis ihrer Auseinandersetzung mit dem Ungeist irreparabel und unumkehrbar: Dr. B. wird nie mehr dem Schachspiel frönen können, und Zweig hat die sich selbst vernichtende Konsequenz gezogen.

Problematisch ist in diesem Zusammenhang die Position Alberto Dines'. Der Zweig-Biograph meint, dass die Handlung »auf die Konfrontation zwischen der Sensibilität des Dr. B. und der geistigen Beschränktheit von Czentovic [zulaufe], eine Neuauflage des Kampfes Castellio gegen Calvin, Erasmus gegen die Intoleranz« sei (Dines 2006, S. 536). Die Figur Czentovic entschlüsselt er – parabolisch – in ihrer Bedeutung im Sinne des »Meisters ohne Innenleben, des Menschen ohne Menschlichkeit« (ebd.) wenig überzeugend. Der Schachweltmeister ist eben kein »Miniatur-Hitler« und Dr. B. kein kläglich versagender Vertreter des Humanismus, sondern ein psychisch Kranker, der an den Folgen seiner »Schachvergiftung«, seiner »Schachschizophrenie« leidet wie Zweig an seiner Depression und Isolation. Nur so nämlich – und hier sieht Dines die Zusammenhänge wieder richtig – kann Dr. B. seinen Schöpfer lehren (jedenfalls wird es ihm so von Zweig in den Mund gelegt), »warum es notwendig ist, zu kapitulieren. Er ist einer der wenigen Figuren, die autorisiert sind zu verkünden: *Stefan Zweig, c'est moi* ...« (Ebd.) Ob allerdings die zweite Partie von Dr. B. hätte gewonnen werden können – wie Dines behauptet (ebd., S. 537) –, bleibt angesichts der Antwort seines Schöpfers mehr als fraglich.

Dines 2006

Methodologisch ist also eine parabolisch orientierte Fortführung der Schwamborn'schen Interpretation konsistent. Versteht man nämlich die Novelle nicht als einen Text, der dem Schachspiel und seinen Gefahren gewidmet ist, oder als Fetisch für Schachbegeisterte (vgl. Schwamborn 1999, S. 278), sondern weiterhin autobiographisch als *literarische* Emanation der brasilianischen Isolation und Depressionen, unter denen Zweig litt, und als Schlüsselerzählung für seine letzten Lebensmonate, dann ist eine eher parabolische Deutung für alle konstitutiven Ele-

mente der Erzählung, wie sie oben durchgeführt worden ist, geboten und funktional. Als Dingsymbol bleibt das Schachspiel(en) überdeterminiert, d. h., es verweist über sich hinaus auf andere Bedeutungsbereiche, die mit ihm in einem funktionalen Zusammenhang stehen. Auf diese Art und Weise können auch problem- und bruchlos außerliterarische Bezüge wie die zum konkreten historisch-politischen und gesellschaftlichen Kontext in die Interpretation integriert werden. Denn nur in einem autobiographischen Zusammenhang ist es von Bedeutung, ob die Isolationshaft, die Dr. B. erleiden muss, von der Gestapo und nicht etwa – was im gleichen historischen Kontext auch möglich, aber wenig sinnvoll gewesen wäre – vom sowjetischen KGB oder der amerikanischen CIA verhängt worden ist.
Ein solcher Zugriff vermag nicht zuletzt auch zu erklären, warum Zweig mit der *Schachnovelle* eine für ihn einmalige, sperrige Form des Erzählens gewählt hat, die zwar einerseits quer zu seinen sonst üblichen psychologischen Zugriffen auf fiktive Personen und historische Persönlichkeiten steht, ihm andererseits jedoch die Möglichkeit verschaffte, eine literarisch codierte, eben parabolische Selbstanalyse mit einer kulturpessimistischen Botschaft durchzuführen. Vielleicht liegt gerade hierin und nicht in der von Zweig beklagten Distanz, die ihn angeblich von seinem Publikum trenne (Brief v. 16. 11. 1941 an Ben Huebsch), das Geheimnis ihres Erfolgs.

# Literaturhinweise

## A. Erstdrucke und Textausgaben

*Schachnovelle*, Buenos Aires 1942 [Pigmalión-Verlag; kartonierte und mit arabischen Ziffern nummerierte Ausgabe in 250 Exemplaren].
*Schachnovelle*, Buenos Aires 1942 [Verlag Janos Peter Kramer; in Leinen gebundene und mit römischen Ziffern nummerierte Ausgabe in 50 Exemplaren].
*Schachnovelle*, Stockholm 1943 [Bermann Fischer].
*The Royal Game*, New York 1944 [zusammen mit den Erzählungen *Der Amokläufer* und *Brief einer Unbekannten* in engl. Übersetzung von Ben Huebsch], S. [7]–71.
*A partida de xadrez*, in: *As Três Paixões* [Drei Leidenschaften], Rio de Janeiro 1942 [zusammen mit den Zweig-Erzählungen *Die spät bezahlte Schuld* und *War er es?* in portug. Übersetzung], S. [11]–106.
*Schachnovelle*, Frankfurt/M. 1979 [S. Fischer Verlag].
*Schachnovelle*, Frankfurt/M. 2001 [Bibliothek Suhrkamp 1348].
*Schachnovelle*, München 2013 [dtv-Bibliothek der Erstausgaben].
*Schachnovelle*, Stuttgart 2013 [Kommentierte Reclam-Ausgabe].

## B. Zur Editionsproblematik und den Typoskripten

Schönle, Siegfried: »Klein, aber oho! Die Schachnovelle und ihre Rezeption«, in: Poldauf, Susanna/Saremba, Andreas (Hg.): *65 Jahre Schachnovelle.* MARGINALIA: Randbemerkungen zur Geschichte und Kultur des Schachspiels, Bd. 1, Emanuel Lasker Gesellschaft, Berlin 2007, S. 7–19, bes., S. 7–11.
–: »Ursprüngliche Typoskripte der *Schachnovelle*«, in: Schönle, Siegfried (Hg.): *Schachforschungen.* Festschrift für Egbert Meissenburg, Wien 2008, S. 749–765.
Siegel, Rainer-Joachim: »Die deutschen Erstausgaben von *Schachnovelle* in Argentinien«, in: Schwamborn, Ingrid (Hg.): *Die letzte Partie*, Bielefeld, 1999, S. 215–218.

## C. Werkübergreifende Literatur zu Zweigs »Schachnovelle«

Allday, Elizabeth: *Stefan Zweig. A Critical Biography*, London 1972.
Bauer, Arnold: *Stefan Zweig*, Berlin 1961.
Dines, Alberto: *Morte no Paraíso. A Tragédia de Stefan Zweig*, Nova Fronteira, Rio de Janeiro 1981.
–: *Tod im Paradies. Die Tragödie des Stefan Zweig*, Gütersloh 2006, bes. S. 499–580.
–: »Der Tod des Entdeckers des Paradieses«, in: Gelber, Mark H. (Hg.):

*Stefan Zweig heute*, New York/Bern/Frankfurt/M./Paris 1987, S. 181–200.

Feder, Ernst: »Stefan Zweigs letzte Tage«, in: Arens, Hanns (Hg.): *Stefan Zweig im Zeugnis seiner Freunde*, München/Wien 1968, S. 174–186.

Müller, Hartmut: *Stefan Zweig*, Reinbek bei Hamburg [3]2008.

Prater, Donald A.: *Stefan Zweig. Das Leben eins Ungeduldigen*, München 1981.

Ren, Guo-Qiang: *Am Ende der Missachtung? Studien über die Stefan-Zweig-Rezeption in der deutschen Literaturwissenschaft nach 1945*, Aachen 1996.

Schwamborn, Ingrid (Hg.): *Die letzte Partie. Stefan Zweigs Leben und Werk in Brasilien (1932–1942)*, Bielefeld 1999, bes. S. 209–323.

Sørensen, Bengt Algot: »Zeitgefühl und Zeitgestaltung in Stefan Zweigs Erzählungen«, in: Gelber, Mark H. (Hg.): *Stefan Zweig heute*, New York/Bern/Frankfurt/M./Paris 1987, S. 65–78.

Strelka, Joseph: *Stefan Zweig. Freier Geist der Menschlichkeit*, Wien 1981.

Viertel, Berthold: »Abschied von Stefan Zweig«, in: Arens, Hanns (Hg.): *Stefan Zweig im Zeugnis seiner Freunde*, München/Wien 1968, S. 195–201.

## *D. Interpretationen zur »Schachnovelle«*

Berlin, Jeffrey B.: »Stefan Zweig and his American Publisher: Notes on an Unpublished Correspondence, with reference to ›Schachnovelle‹ and ›Die Welt von Gestern‹«, in: *DVjs* 56, 1982, S. 259–276.

–: »Briefe aus Brasilien: *Schachnovelle* von Stefan Zweig«, in: Schwamborn, Ingrid (Hg.): *Die letzte Partie. Stefan Zweigs Leben und Werk in Brasilien (1932–1942)*, Bielefeld 1999, S. 245–264.

Daviau, Donald G./Dunkle, Harvey I.: »Stefan Zweig's ›Schachnovelle‹«, in: *Monatshefte* 65, 1973, S. 370–384.

Kießling, Wolfgang: »Der Weg nach Pétropolis«, in: *Sinn und Form* 35, 1983, S. 376–392.

Klein, Johannes: *Geschichte der deutschen Novelle*, Wiesbaden [4]1960, S. 562–564.

Kluge, Manfred: »Schachnovelle«, in: *Kindlers Literatur-Lexikon*, Bd. VI, München 1971, Spalte 879 f.

Neubauer, Martin: *Stefan Zweig. Schachnovelle*, Stuttgart 2006.

Schwamborn, Ingrid: »Schachmatt im brasilianischen Paradies. Die Entstehungsgeschichte der ›Schachnovelle‹«, in: *GRM* (NF 34), 1984, S. 404–430.

–: »Aspekte des Spiels in *Schachnovelle*«, in: dies. (Hg.): *Die letzte Partie. Stefan Zweigs Leben und Werk in Brasilien (1932–1942)*, Bielefeld 1999, S. 265–296.

Sørensen, Bengt Algot: »Stefan Zweig: Schachnovelle«, in: *Interpretationen. Erzählungen des 20. Jahrhunderts*. Bd. 1, Stuttgart 1996, S. 250–264.

Unseld, Siegfried: »Nachwort«, in: Zweig, Stefan: *Schachnovelle*, Frankfurt/M. [2001] ³2007, S. 99–119.
Vajda, Petar: »Zwei bisher unveröffentlichte Briefe Stefan Zweigs an Thomas Mann«, in: *Archiv für das Studium der neueren Sprachen und Literaturen* CCV, 1968, S. 49.
Veselý, Jirí: »Das Schachspiel in der *Schachnovelle*«, in: *Österreich in Geschichte und Literatur* 13, 1969, S. 517–523.

## *E. Sonstige Literatur*

Beck, Knut/Berlin, Jeffrey B. (Hg.): *Stefan Zweig. Briefe 1932–1942*, Bd. 4, Frankfurt/M. 2005.
Bermann Fischer, Gottfried: *Bedroht – Bewahrt. Weg eines Verlegers*, Frankfurt/M. 1967.
Mann, Thomas: »Stefan Zweig zum zehnten Todestag«, in: ders.: *Gesammelte Werke*, Bd. X, Frankfurt/M. ²1974, S. 524–525.
–: *Tagebücher 1937–1939*, Frankfurt/M. 1980.
–: *Tagebücher 1940–1943*, Frankfurt/M. 1982.
Reichert, Folker: »Der eiserne Sarg des Propheten. Doppelte Grenzen im Islambild des Mittelalters«, in: Knefelkamp, Ulrich/Bosselmann-Cyran, Kristian (Hg.): *Grenze und Grenzüberschreitung im Mittelalter*: 11. Symposium des Mediävistenverbandes vom 14. bis 17. März 2005 in Frankfurt an der Oder, Berlin 2007, S. 453–469.
Tartakower, Savelij S.: *Die hypermoderne Schachpartie. Ein Schachlehr- und Lesebuch. Zugleich eine Sammlung von 150 schönen Meisterpartien aus den Jahren 1914–1925*, Wien ²1925; Nachdruck: Zürich 1981 [Edition Olms; die 13. Partie wird auf den S. 81–85 wiedergegeben].
Zweig, Stefan: *Joseph Fouché. Bildnis eines politischen Menschen*, Frankfurt/M. 1981.
–: *Balzac*, Frankfurt/M. 1987.
–: *Die Welt von Gestern. Erinnerungen eines Europäers*, Frankfurt/M. 1983.

## Wort- und Sacherläuterungen

7.1 **Schachnovelle**: Die Integration der Bezeichnung des Erzählgenres »Novelle« in den Werktitel hat in der literarwissenschaftlichen Auseinandersetzung zu Reflexionen Anlass gegeben (vgl. Klein, Kluge 1971, Unseld 2001), die Erzählung mit dem Goethe'schen Novellenbegriff in Zusammenhang zu bringen, um somit zu einer genretypologischen Klassifizierung zu gelangen.

9.1–2 **Passagierdampfer, der mitternachts [...] Buenos Aires abgehen sollte**: Mögliche Anspielung auf die Überfahrt Stefan Zweigs und seiner zweiten Frau Lotte von New York nach Buenos Aires über Rio de Janeiro im August 1941.

9.26–10.8 **Czentovic hatte sich [...] Gebieten gleich universell«.**: Kurze Charakterisierung des Protagonisten vor der unmittelbar folgenden Rückblende (vgl. Erl. zu 10,8–9).

9.28–31 **Altmeister der Schachkunst [...] siebenjährigen Wunderkindes Rzecewski**: Gemeint sind folgende Schachgroß- und Schachweltmeister des 20. Jh.s: Alexander Alexandrowitsch Aljechin (1892–1946), Studium der Rechtswissenschaft in St. Petersburg und Paris, Schachweltmeister (1927–1935 und nochmals 1937–1946); nach ihm wurde eine Spieleröffnung, die Aljechin-Verteidigung, benannt. – José Raúl Capablanca (1888–1942), Diplomat im Dienste der kuban. Regierung, dritter Schachweltmeister von 1921–1927; galt als Wunderkind, der bereits mit vier Jahren das Schachspielen erlernte. – Savielly Grigoriewitsch Tartakower (1887–1956), bedeutender poln.-franz. Schachmeister. Der hochgebildete Autor und glänzende Causeur verfasste das Buch *Die hypermoderne Schachpartie*, das nach Forschungsergebnissen Ingrid Schwamborns (1999, S. 288 ff.) mit dem fiktiven, von Dr. B. in der Isolationshaft von einem Offizier entwendete Schachbuch (S. 46 f.) identisch sein soll. – Emanuel Lasker (1868–1941), Mathematiker und Philosoph, war der bislang einzige dt. Schachweltmeister (1894–1921). Sein älterer Bruder Jonathan Bertold Lasker (1860–1926), Arzt, Schriftsteller und dt. Schachmeister, war in erster Ehe mit der Schriftstellerin Else Lasker-Schüler (1869–1945) verheiratet. – Efim Bogoljubow (1889–1952), studierte Theologie und Landwirtschaft, russ.-dt. Schachgroßmeister. – Samuel Herman Reshevsky (1911–1992), amerik. Großmeister, galt als Wunderkind, der allerdings bei dem erwähnten Turnier nicht sieben, sondern elf Jahre alt war.

**Sohn eines blutarmen südslawischen Donauschiffers**: Beginn der – erzähltechnisch gesehen – ersten (bis 16,25) von zwei Rückblenden (vgl. Erl. zu 35,7), die dem Leser wichtige Informationen über die Herkunft und Entwicklung Czentovics gibt. 10.8–9

**die letzte Ölung**: In der röm.-kath. Kirche Sakrament der Krankensalbung, das Sterbenden gespendet wird. 11.17

**»Bileams Esel!«**: Anspielung auf den Propheten Bileam (4. Buch Mose, 22–24), der auf dem Weg zu Balak, dem König der Moabiter, seine Eselin schlägt, die vor einem Engel mit Schwert gescheut hat und sich deshalb bei ihrem Herrn mit menschlicher Stimme beklagt. 11.33

**Sizilianische Eröffnung**: Bekannt als Sizilianische Verteidigung mit den Zügen e2–e4 und c7–c5, die oft zu einem kampfbetonten Spiel führt. 12.29

**Simultanpartie**: Form des Schachspiels, bei dem ein – in der Regel – stark überlegener Spieler gleichzeitig gegen mehrere Gegner antritt. 13.18

**Ihm fehlte vollkommen [...] Phantasie zu stellen.**: Diese Unfähigkeit Czentovics bildet den signifikanten Gegensatz zur Eigenschaft Dr. B.s, der nur kraft dieses Vermögens die Isolationshaft in seinem Zimmer unbeschadet überstehen kann (vgl. S. 50f.). 14.12–14

**Partitur**: Übersichtliche, Takt für Takt in Notenschrift auf einzelnen übereinanderliegenden Liniensystemen angeordnete Zusammenstellung aller zu einer vielstimmigen Komposition gehörenden Stimmen. 14.25

**Napoleon dem schwerfälligen Kutusow**: In der Schlacht von Borodino im September 1812 siegte Napoleon zwar über die russ. Armee unter Generalfeldmarschall Kutusow (1745–1813), doch waren seine Truppen so geschwächt, dass sie nach der widerstandslosen Eroberung Moskaus einen verlustreichen Rückzug antreten mussten. 14.34

**Hannibal dem Fabius Cunctator**: In der Schlacht bei Cannae (216 v. Chr.) konnte Hannibal die röm. Armee vernichtend schlagen, doch unter dem Feldherrn Quintus Fabius Maximus 14.34–35

Verrucosus (um 275–203 v. Chr.), dem »Zauderer« (lat. cunctator), setzte ein Abnutzungskrieg gegen Hannibal ein, der schließlich 202 v. Chr. zu seiner Niederlage in der Schlacht bei Zama führte.

14.35 **Livius berichtet**: Bezieht sich auf Titus Livius' Schrift *Ab urbe condita*, lib. 21–30, die den Zweiten Punischen Krieg (218–201 v. Chr.) zum Gegenstand haben.

15.2 **Phlegma und Imbezillität**: (griech.-lat.) Schwerfälligkeit, (Geistes-)Trägheit – (lat.) geistige Behinderung, mittelgradiger Schwachsinn.

16.19–20 **Rembrandt, ein Beethoven, ein Dante, ein Napoleon**: Niederl. Maler des Barock (1606–1669). – Dt. Komponist der Klassik (1770–1827). – Ital. Dichter des ausgehenden Mittelalters (1265–1321). – Franz. Feldherr und Kaiser während bzw. nach der Franz. Revolution (1769–1821).

18.13–14 **wie der Sarg [...] Himmel und Erde**: Anspielung auf die Sage vom eisernen Sarg des Propheten Mohammed in Mekka, der zwischen Magnetsteinen schweben soll. Empirische Beweise für diese Behauptung der »wundersamen Wirkung des Magnetismus« gibt es nicht (vgl. Reichert 2007, S. 456).

19.2 **Gall**: Gemeint ist der dt. Arzt und Anatom Franz Joseph Gall (1758–1828), der die Phrenologie, die Lehre des Gehirns, begründete. Seine grundlegenden Arbeiten zur Physiognomie, der Lehre, Charakterzüge und Eigenschaften aus der Mimik des Gesichtes abzulesen, wurden hingegen kontrovers in der Wissenschaft diskutiert.

20.17–18 **ein verwegenes neues Wort [...] deutsche Sprache einzuführen**: An dieser Stelle werden editionswissenschaftlich und interpretatorisch gravierende Unterschiede zwischen den Texten der Erstausgaben und den jeweils zugrundeliegenden Typoskripten deutlich: Während die Erstausgabe der *Schachnovelle* im Pigmalión-Verlag (1942) und das Typoskript für die Stockholmer europ. Erstausgabe (1943) das erweiterte Attribut »die *mir von Hitler verbotene* deutsche Sprache« ausweisen, heißt es bei Bermann Fischer und auch heute noch in allen Fischer-Taschenbuchausgaben verkürzt: »die deutsche Sprache« (s. Siegel/Schwamborn 1999, S. 217). Interpretatorisch relevant ist diese unzulässige Elision insofern, als dem Ich-Erzähler als Muttersprachler das Dt. schlechterdings nicht verboten werden kann. Bedeutsam wird der aus dem Typoskript vollständig übernommene Satz vor dem doppelten historisch-biographischen Hintergrund, dass Zweig nach der Bücherverbrennung ab 1933 in Deutschland und ab 1938 in Österreich nicht mehr in dt. Sprache publizieren konnte. Anfang 1942 verbot darüber hinaus der damalige brasil. Präsident Getúlio Vargas (1882–1954) den Gebrauch der dt. und ital. Sprache sowie entsprechender Druckerzeugnisse, so dass Zweig gezwungen war, nahezu ausschließlich in Engl. oder Franz. zu publizieren, korrespondieren und zu kommunizieren.

**›Gewogen und zu leicht befunden‹**: Zitat aus dem Buch Daniel 22.3–4
(5,25–28) des AT und damit Verweis auf die dargestellte Begebenheit, nach der dem babylon. König Belsazar bei einem Gelage diese Aussage als Warnung (Menetekel) erscheint.

**beim siebzehnten Zuge angelangt**: Die Taschenbuchausgabe 27.13
des Fischer Verlags übernimmt bis zur Auflage Mai 1994 die Angabe Zweigs aus dem Typoskript an Bermann Fischer, änderte jedoch danach (ab Februar 1995) aus spiellogischen, nicht aus quellenkritischen Gründen die Zählung in »siebenunddreißigsten Zuge«, da mit dem später erfolgenden Hinweis auf den Gang der Partie zwischen Aljechin und Bogoljubow (28,8–10) die Wahrscheinlichkeit des historischen Vorbilds wesentlich größer ist. Im Übrigen findet man diese Partie in Tartakowers Schachbuch (vgl. Erl. zu 9,28–31 und Literaturhinweise), das Zweig 1941 in Rio de Janeiro erworben hat, als Partie Nummer 13 (s. Schwamborn 1999, S. 292). Textkritisch und interpretatorisch ist diese Konjektur jedoch irrelevant.

**des alten Kaisers**: Gemeint ist Kaiser Franz Joseph I. (1830– 33.31
1916), der zwischen 1848 und 1916 regierte.

**»Sie waren so freundlich**: Beginn der eingeschobenen Geschich- 35.7
te Dr. B.s, der – erzähltechnisch als zweite Rückblende (vgl. Erl. zu 10,8–9) in das Erzählkontinuum integriert (bis 63,3) – die entscheidenden Ereignisse seines Lebens aus der Ich-Perspektive wiedergibt.

**Dollfuß**: Engelbert Dollfuß (1892–1934), österr. Landwirt- 36.21
schaftsminister (1932–1934) und Bundeskanzler (ab 1933), regierte nach einem Staatsstreich am 5.3.1933 diktatorisch per

Notverordnung. Während eines letztlich erfolglosen Putschversuchs der österr. Nationalsozialisten wurde er am 25.7.1934 in seinem Arbeitszimmer erschossen.

36.22 **Schuchnigg**: Kurt von Schuchnigg (1897–1977), Nachfolger von Dollfuß als österr. Bundeskanzler, wurde am 11.3.1938 von Hitler zur Abdankung gezwungen und Österreich mit dem Deutschen Reich vereinigt (sog. Anschluss). Am 15.3.1938 zogen Hitlers Truppen in Anwesenheit des Diktators in Wien ein.

39.2 **unser Kanzler**: Gemeint ist der Bundeskanzler Kurt von Schuchnigg (vgl. Erl. zu 36,22).

39.2 **Baron Rothschild**: Louis Nathanael Rothschild (1882–1955) leitete das Bankhaus seiner Familie in Wien. Gegen Zahlung von 21 Mio. US-$ konnte er das nach 1938 von Deutschen besetzte Österreich verlassen.

43.18–19 **Homer**: Griech. Dichter des 9. Jh.s. v. Chr. Ihm werden die Versepen *Ilias* und *Odyssee* zugeschrieben.

61.20 **denn Hitler hatte seitdem Böhmen besetzt**: Nach der Annexion Österreichs trat die Tschechoslowakei im Oktober 1938 die sudetendt. Gebiete an das Deutsche Reich ab. Nach dem Einmarsch der Truppen Hitlers in die »Rest-Tschechei« wurde in der Folge das »Reichsprotektorat Böhmen und Mähren« errichtet.

64.21–22 **Homo obscurissimus**: (lat.) höchst undurchsichtiger, verschlossener Mensch.

64.24 **Annalen**: (lat.) Jahrbücher; chronologisch angeordnete Aufzeichnungen wichtiger Begebenheiten und Ereignisse eines Jahres.

65.4–6 **Als der rechte Dilettant […] das ›diletto‹ Freude macht**: Der Begriff wird hier positiv gebraucht im Sinne eines Menschen, der Kunst nur aus Freude betreibt (von ital. diletto: Ich erfreue mich).

**Augenblicke, die die Welt veränderten**

*Sternstunden der Menschheit* – das sind für Stefan Zweig historische Augenblicke, die die Zukunft der Welt bestimmen. In seinen vierzehn Miniaturen erzählt er von Seefahrern und Abenteurern, Genies und Eroberern, Entdeckern und Kriegshelden und beschreibt jene großen Momente, die bis heute ihre unverwechselbaren Spuren in der Geschichte der Menschheit hinterlassen haben.

**Stefan Zweig, Sternstunden der Menschheit.**
Vierzehn historische Miniaturen. insel taschenbuch 4202.
300 Seiten

NF 159/1/9.12

**Von falschen Idealen und verratenen Herzen**

Ungarn, 1914. Edith, die siebzehnjährige Tochter eines Großindustriellen, ist an den Rollstuhl gefesselt. Als sie sich in den jungen Leutnant Anton Hofmiller verliebt, schöpft sie neuen Lebensmut. Anton scheint ihre Gefühle zu erwidern, doch ihn leitet lediglich Mitleid mit der jungen Frau. Er ahnt allerdings nicht, welch schwerwiegende Konsequenzen dies nach sich ziehen wird …

**Stefan Zweig, Ungeduld des Herzens.** Roman.
insel taschenbuch 4203. 461 Seiten

**Marie Antoinette – Königin von Frankreich**

Marie Antoinette (1755-1793) war dazu bestimmt, nicht aber unbedingt dafür geschaffen, die berühmteste Königin von Frankreich zu werden. Vielmehr war sie »ein mittlerer Charakter, eine eigentlich gewöhnliche Frau, nicht Feuer und nicht Eis, ohne besondere Kraft zum Guten und ohne den geringsten Willen zum Bösen, ohne Neigung zum Dämonischen, ohne Willen zum Heroischen und scheinbar darum kaum Gegenstand einer Tragödie«. Und doch ging sie als wohl tragischstes Opfer der Französischen Revolution in die europäische Geschichte ein.

**Stefan Zweig, Marie Antoinette.** Bildnis eines mittleren Charakters. insel taschenbuch 4204. 572 Seiten

NF 161/1/9.12

**Der Aufbruch in eine neue Zeit**

Magellan (1480-1521) ging als erster Weltumsegler in die Geschichte der großen Entdecker ein. Dabei war es nicht nur Abenteuerlust, die ihn lenkte, sondern auch der Mut, sich gegen das herrschende Weltbild der Zeit zu stellen und keine Grenzen zu akzeptieren.
Stefan Zweig war ein großer Bewunderer dieses Mannes, »der meinem Empfinden nach das Großartigste geleistet hat in der Geschichte der Erderkundung, er, der mit fünf winzigen Fischerkuttern von Sevilla ausfuhr, um die ganze Welt zu umrunden – die herrlichste Odyssee in der Geschichte der Menschheit vielleicht«.

**Stefan Zweig, Magellan.** Der Mann und seine Tat.
insel taschenbuch 4205. 299 Seiten

**Maria Stuart – Königin von Schottland**

»Es gibt vielleicht keine Frau, die in so abweichender Form gezeichnet worden wäre, bald als Mörderin, bald als himmlische Heilige. Durch mehr als drei Jahrhunderte hat sie immer wieder die Dichter verlockt, die Gelehrten beschäftigt, und noch immer erzwingt sich mit unverminderter Kraft ihre Gestalt neue Gestaltung.« *Stefan Zweig*

Maria Stuart (1542–1587), Königin von Schottland und Frankreich, hatte Anspruch auf den Thron von England, unterlag am Ende jedoch den politischen Intrigen und Ränkespielen ihrer Gegnerin Elisabeth I. Stefan Zweig zeichnet ein feinfühliges und klares Porträt einer Frau, deren Leben bis heute Anlass zu Spekulationen und Verklärung gibt.

**Stefan Zweig, Maria Stuart.** Roman. insel taschenbuch 4206. 467 Seiten

NF 165/1/10.12

**Ein einzigartiges Vermächtnis**

Es ist eine *Welt von Gestern*, die Stefan Zweig in seinen Lebenserinnerungen heraufbeschwört: das Wien der 1920er Jahre, das »goldene Zeitalter der Sicherheit«, das von einer Stimmung des Aufbruchs und der kulturellen Freiheit beflügelt war. Als sich in den 1930er Jahren die Schatten des Faschismus über Europa legten, ging Stefan Zweig ins Exil, doch seine Erinnerungen an die *Welt von Gestern* blieben.

**Stefan Zweig, Die Welt von Gestern.** Erinnerungen eines Europäers. insel taschenbuch 4207. 501 Seiten

- Die Dreigroschenoper. Kommentar: Joachim Lucchesi. SBB 48. 170 Seiten
- Kalendergeschichten. Kommentar: Denise Kratzmeier. SBB 131. 196 Seiten
- Der gute Mensch von Sezuan. Kommentar: Wolfgang Jeske. SBB 25. 214 Seiten
- Der kaukasische Kreidekreis. Kommentar: Ana Kugli. SBB 42. 189 Seiten
- Leben des Galilei. Kommentar: Dieter Wöhrle. SBB 1. 191 Seiten
- Mutter Courage und ihre Kinder. Kommentar: Wolfgang Jeske. SBB 11. 185 Seiten

**Georg Büchner**
- Danton's Tod. Kommentar: Joachim Hagner. SBB 89. 200 Seiten
- Lenz. Kommentar: Burghard Dedner. SBB 4. 155 Seiten

**Paul Celan.** »Todesfuge« und andere Gedichte. Kommentar: Barbara Wiedemann. SBB 59. 186 Seiten

**Annette von Droste-Hülshoff.** Die Judenbuche. Kommentar: Christian Begemann. SBB 14. 136 Seiten

**Joseph von Eichendorff.** Aus dem Leben eines Taugenichts. Kommentar: Peter Höfle. SBB 82. 180 Seiten

**Theodor Fontane**
- Effi Briest. Kommentar: Dieter Wöhrle. SBB 47. 414 Seiten
- Irrungen, Wirrungen. Kommentar: Helmut Nobis. SBB 81. 258 Seiten

**Max Frisch**
- Andorra. Kommentar: Peter Michalzik. SBB 8. 166 Seiten
- Biedermann und die Brandstifter. Kommentar: Heribert Kuhn. SBB 24. 142 Seiten
- Homo faber. Kommentar: Walter Schmitz. SBB 3. 301 Seiten

NF 279b/2/5.13

**Johann Wolfgang Goethe**
- Egmont. Kommentar: Helmut Nobis. SBB 127. 184 Seiten
- Faust I. Kommentar: Ralf-Henning Steinmetz. SBB 107. 298 Seiten
- Götz von Berlichingen. Kommentar: Wilhelm Große. SBB 27. 243 Seiten
- Die Leiden des jungen Werthers. Kommentar: Wilhelm Große. SBB 5. 222 Seiten
- Wilhelm Meisters Lehrjahre. Kommentar: Joachim Hagner. SBB 85. 700 Seiten

**Grimms Märchen.** Kommentar: Heinz Rölleke. SBB 6. 136 Seiten

**Peter Handke.** Wunschloses Unglück. Kommentar: Hans Höller. SBB 38. 131 Seiten

**Friedrich Hebbel.** Maria Magdalena. Kommentar: Florian Radvan. SBB 74. 150 Seiten

**Christoph Hein.** Der fremde Freund. Drachenblut. Kommentar: Michael Masanetz. SBB 69. 236 Seiten

**Hermann Hesse**
- Demian. Kommentar: Heribert Kuhn. SBB 16. 233 Seiten
- Narziß und Goldmund. Kommentar: Heribert Kuhn. SBB 40. 407 Seiten
- Siddhartha. Kommentar: Heribert Kuhn. SBB 2. 192 Seiten
- Der Steppenwolf. Kommentar: Heribert Kuhn. SBB 12. 306 Seiten
- Unterm Rad. Kommentar: Heribert Kuhn. SBB 34. 275 Seiten

**E. T. A. Hoffmann**
- Das Fräulein von Scuderi. Kommentar: Barbara von Korff-Schmising. SBB 22. 149 Seiten

NF 279b/3/5.13

- Der goldene Topf. Kommentar: Peter Braun. SBB 31. 157 Seiten
- Der Sandmann. Kommentar: Peter Braun. SBB 45. 100 Seiten

**Ödön von Horváth**
- Geschichten aus dem Wiener Wald. Kommentar: Dieter Wöhrle. SBB 26. 168 Seiten
- Glaube Liebe Hoffnung. Kommentar: Dieter Wöhrle. SBB 84. 152 Seiten
- Jugend ohne Gott. Kommentar: Elisabeth Tworek. SBB 7. 195 Seiten
- Kasimir und Karoline. Kommentar: Dieter Wöhrle. SBB 28. 147 Seiten

**Franz Kafka**
- Der Prozeß. Kommentar: Heribert Kuhn. SBB 18. 352 Seiten
- Das Urteil und andere Erzählungen. Kommentar: Peter Höfle. SBB 36. 188 Seiten
- Die Verwandlung. Kommentar: Heribert Kuhn. SBB 13. 134 Seiten
- In der Strafkolonie. Kommentar: Peter Höfle. SBB 78. 133 Seiten

**Gottfried Keller.** Kleider machen Leute. Kommentar: Peter Villwock. SBB 68. 192 Seiten

**Heinar Kipphardt.** In der Sache J. Robert Oppenheimer. Kommentar: Ana Kugli. SBB 58. 220 Seiten

**Heinrich von Kleist**
- Penthesilea. Kommentar: Axel Schmitt. SBB 72. 180 Seiten.
- Der zerbrochne Krug. Kommentar: Axel Schmitt. SBB 66. 186 Seiten
- Prinz Friedrich von Homburg. Kommentar: Andrea Neuhaus. SBB 105. 155 Seiten

**Wolfgang Koeppen.** Das Treibhaus. Kommentar: Arne Grafe. SBB 76. 290 Seiten

NF 279b/4/5.13

**Gert Ledig.** Vergeltung. Kommentar: Florian Radvan. SBB 51. 233 Seiten

**Gotthold Ephraim Lessing**
- Emilia Galotti. Kommentar: Axel Schmitt. SBB 44. 171 Seiten
- Minna von Barnhelm. Kommentar: Maria Luisa Wandruszka. SBB 73. 172 Seiten
- Miß Sara Sampson. Kommentar: Axel Schmitt. SBB 52. 170 Seiten
- Nathan der Weise. Kommentar: Wilhelm Große. SBB 41. 238 Seiten

**Molière.** Der eingebildete Kranke. Kommentar: Andrea Neuhaus. SBB 123. 118 Seiten.

**Robert Musil.** Die Verwirrungen des Zöglings Törleß. Kommentar: Oliver Pfohlmann. SBB 130. 290 Seiten

**Novalis.** Heinrich von Ofterdingen. Kommentar: Andrea Neuhaus. SBB 80. 254 Seiten

**Ulrich Plenzdorf.** Die neuen Leiden des jungen W. Kommentar: Jürgen Krätzer. SBB 39. 157 Seiten

**Rainer Maria Rilke.** Die Aufzeichnungen des Malte Laurids Brigge. Kommentar: Hansgeorg Schmidt-Bergmann. SBB 17. 299 Seiten

**Joseph Roth.** Hiob. Roman eines einfachen Mannes. Kommentar: Heribert Kuhn. SBB 112. 268 Seiten

**Friedrich Schiller**
- Kabale und Liebe. Kommentar: Wilhelm Große. SBB 10. 175 Seiten
- Maria Stuart. Kommentar: Wilhelm Große. SBB 53. 220 Seiten

NF 279b/5/5.13

- Die Räuber. Kommentar: Wilhelm Große. SBB 67. 272 Seiten
- Wilhelm Tell. Kommentar: Wilhelm Große. SBB 30. 196 Seiten

**Arthur Schnitzler**
- Lieutenant Gustl. Kommentar: Ursula Renner-Henke. SBB 33. 162 Seiten
- Traumnovelle. Kommentar: Andrea Neuhaus. SBB 113. 139 Seiten

**Shakespeare.** Romeo und Julia. Kommentar: Werner Frizen und Detlef Klein. SBB 115. 232 Seiten

**Theodor Storm.** Der Schimmelreiter. Kommentar: Heribert Kuhn. SBB 9. 199 Seiten

**Martin Walser.** Ein fliehendes Pferd. Kommentar: Helmuth Kiesel. SBB 35. 164 Seiten

**Frank Wedekind.** Frühlings Erwachen. Kommentar: Hansgeorg Schmidt-Bergmann. SBB 21. 148 Seiten

**Peter Weiss**
- Abschied von den Eltern. Kommentar: Axel Schmolke. SBB 77. 192 Seiten
- Die Ermittlung. Kommentar: Marita Meyer. SBB 65. 304 Seiten
- Die Verfolgung und Ermordung Jean Paul Marats. Kommentar: Arnd Beise. SBB 49. 180 Seiten

**Christa Wolf**
- Der geteilte Himmel. Kommentar: Sonja Hilzinger. SBB 87. 320 Seiten
- Kein Ort. Nirgends. Kommentar: Sonja Hilzinger. SBB 75. 158 Seiten
- Medea. Kommentar: Sonja Hilzinger. SBB 110. 255 Seiten

NF 279b/6/5.13